共和国青海记忆丛书

柴达木手记

chaidamu shouji

李若冰 著

青海人民出版社

图书在版编目(CIP)数据

柴达木手记 / 李若冰著. -- 西宁 : 青海人民出版社, 2019.7
(共和国青海记忆丛书)
ISBN 978-7-225-05785-9

Ⅰ. ①柴… Ⅱ. ①李… Ⅲ. ①报告文学—中国—当代 Ⅳ. ①I25

中国版本图书馆 CIP 数据核字(2019)第 152067 号

共和国青海记忆丛书
柴达木手记
李若冰 著

出 版 人 樊原成
出版发行 青海人民出版社有限责任公司
西宁市五四西路 71 号 邮政编码:810023 电话:(0971)6143426(总编室)
发行热线 (0971)6143516/6137730
网 址 http://www.qhrmcbs.com
印 刷 青海西宁印刷厂
经 销 新华书店
开 本 890mm×1240mm 1/32
印 张 6.25
字 数 150 千
版 次 2019 年 10 月第 1 版 2019 年 10 月第 1 次印刷
书 号 ISBN 978-7-225-05785-9
定 价 32.00 元

目录

Contents

目录

Contents

在柴达木盆地

呵，柴达木

这是秋天一个特有的晴朗的日子。

我们从玉门油田出发到敦煌，只用了一天的时间。这条道路是平坦的，宽阔的，开车的人和坐车的人都喜欢这一条路。可是，从敦煌到柴达木盆地，道路却是艰难的。从敦煌走的那天，天上洁白的云朵连接成一条长长的银带，好像千佛洞里展翅翱翔的飞天壁画，又像一把秀长的利剑，穿过了祁连山，一直飞向西北方。

通往西北方的道路是荒凉的。一个人也看不见。前面是一望无际的戈壁。那被狂风吹起的小沙丘，和戈壁中孤独低矮的小树，时常会叫人迷惑一阵子。有时候，突然，眼前会闪过去一群惊慌的黄羊儿，它们飞跑着，白色的尾巴像小流星似的。有时候，一群野骆驼横立在大道上，痴呆地瞭望着，当人要接近的时候，它们才摇摆着头，拖起步子，向山野里迅速地却又笨拙地跑去了。每天，我们总是怀着美好的想望，行走在崎岖不平的道路上，憩息在空旷的荒滩里。我们走了一天又一天，什么时候才能到柴达木盆地呢？什么时候才能看见一个人哩？在这里，能看见一个人那该多好啊！

“呵，这就是柴达木，我们到了柴达木了！”当我们在第四天，翻过了一架沙山，穿出山峡，眼前显出了一片无边无际的大沙漠的时候，这句话就像电流般从一个车上传到了另一个车上。人们欢腾了。人们谈论着，喧嚷着，都贪婪地睁大眼睛向窗外瞭望着。那个甜睡的人，没等人去喊，不知道怎么就醒来了，嘴里还咕哝着：“到啦？”就把头一下子伸到车窗外面去了。

这就是柴达木，我们勘探者们日夜向往着的柴达木：她袒开胸膛把我们拥抱了。柴达木的天空是明亮的。万里茫茫似海的盆地里，笼罩着一层薄薄的云雾，像鹅绒般轻轻地飘流着。透过云雾，在盆地的南方，矗立着昆仑山，气势雄伟，戴着银盔，披着银铠，真像一个老当益壮的将军。在盆地的北方，屹立着阿尔金山，脸面清秀，俊俏英武，显得干练可爱，很像一个年轻有为的少年。这两座山是多么好，又是多么不同呵！

这时候，已是黄昏。金色的霞光，照耀着柴达木盆地。昆仑山和阿尔金山穿上了节日盛装似的，特别动人。在两山的中间，阿拉尔小草原青绿的花草，在微风中飒飒细语。雁儿迎着霞光，在草地里高傲地漫步。就在雁儿漫步的草原旁边，巍然突出着一座庄严的城堡。这座城堡呈四方形，约有四亩地大小。堡子里面的房屋，全用土砖块和细小的木材筑成，在寝室里盘着可以烧火的土炕，和长方形的土墩子写字台，而城堡的围墙全部都是由人工用沙土垒筑起来的。确实，这座城堡是粗糙的，简陋的。但是，它在柴达木盆地是破天荒的，是一个真正的奇迹。这个奇迹是由我们的人民战士们创造的。这些战士们，自从1950年进入柴达木以后，在海拔三千多米的山路上，忍受着千辛万苦，忍受着饥饿严寒，迎着黄黑色的大风暴，消灭了乌斯满匪徒们，就驻守在边疆上，捍卫着这一片土地。这座城堡就是他们的营房。虽然，他们不是用钢骨铁筋浇筑的，但是，他们却是用着钢骨铁筋般的意志，给柴达木竖立起了一座闪亮的灯塔。那个以放牧和打猎为生的乌孜别克族老人，他是我们的向导；当他和我们一块看见了这座城堡，他的多纹的脸上出现了怎样惊讶的表情啊！他嘴里喃喃着。

雁群在霞光中抖擞着翅膀，悠扬地从草地中飞起。它们穿过了阿拉尔城堡，排着字儿升上了天空。它们呼唤着，歌唱着，为什么声音里充满了那么多欢乐？莫不是它们为着在盆地里有了我们勘探朋友做伴，生活就不再寂寞、单调？莫不是它们喜欢这个黄昏的时光，好去追恋那奔流在昆仑山下的尕斯库勒湖？呵，尕斯库勒湖有多美哩！她穿着银白色的衣裳，闪着珍珠似的光亮，在柴达木流转着。这是多么好的一个湖！在柴达木，尕斯库勒湖会唤起人们多么丰富的欢乐、力量和想象啊！

这就是柴达木，祖国的柴达木，这也就是世界驰名的柴达木。谁走到这辽阔的土地上不觉得骄傲，不觉得自豪呢？今天，也只有在今天，我们的人民，才真正赏识这丰饶的有待开垦的处女地。我们的人民，按照自己的意志，开始了柴达木盆地历史上从未有过的第一次大规模的地质勘探事业！

葛泰生和勘探伙伴们

我们和中央石油管理总局局长们，以及地质专家们，从阿拉尔城堡，走进一条漫长的山谷之中。

在山谷中，我们观察了一系列的地质现象，又向一座陡峭的高山上爬去。率领我们的是我早在酒泉盆地相识的青年地质专家，现在是柴达木地质大队小队长葛泰生和技术员们。本来，在海拔三千米左右的山谷中走的时候，气压很低，人的呼吸已觉得困难，再向山上爬，呼吸就更觉得困难了。可是，葛泰生却轻快机敏地向上爬着，一会儿就站在山冈上了。人们一个个爬上了山，就倒在山冈上，舒展开双腿，好让呼吸通畅一些。这座山，海拔三千八百多米。你站在山冈上，瞭望着远方，会再一次感觉到柴达木的广大和美丽。那尕斯库勒湖像玉带一般，和昆仑山间飞出来的云雾一起，围绕着整个盆地流转。那重重叠叠的山岭，真是山山不断，岭岭相连。每一座山岭上，都有着无数的小小的沟道；而无数的小小的沟道里，都有着勘探者们踏下的脚印。我们的勘探者，自从 1954 年春天进入柴达木，不知爬过了多少山岭，走过了多少路程，尝受了多少艰难，挖掘了多少岩石，鉴定了多少良好的储油构造呵！

这天晚上，我们就歇息在高山下的一条沟道中。我和几个人睡在葛泰生队长的帐篷里。夜很静。间或，只能听得见风的呼啸声。人们都很疲劳，闲聊了一阵，就倒头呼噜噜地酣睡了。我也很累，可是却久久地不能入睡。在这静静的夜晚，我多么想和葛泰生谈谈呵。我们已有一年多没见面了，该会有多少话要说呵。可是，今天见了面，没说上几句话，就爬山，看储油构造，连一点空时间也没有。

现在，他就紧紧地靠在我的身边。我发现他也没有睡着。我轻声问：“你还没有睡着？”他也轻声说：“没有。你也没有睡着？”

葛泰生是一个有作为的青年勘探者。我们睡在一起，虽然不能去惊扰别人，畅心地谈些什么，但是，他在我的心里是怎样清楚的一个小伙呵。他是江苏人，今年二十三岁，他的身材细长适中，脸庞清秀英俊，留着偏分头发。他很会吹口琴，也很会唱一些抒情的歌曲。他是北京清华大学学生。1952 年，当他从清华园走出来的时候，在祖国的面前，选择了勘探大西北的工作。他在工作的历程上，从不畏惧困难，总是勇往直前。1953 年，他率领着一个普查队，跑遍酒泉盆地西部的广大区域，出没在祁连山里和风沙弥漫的戈壁滩中；在一百五十七天中，普查面积达到一万六千八百多平方公里，工作质量合乎标准。而且，他和同志们共同研究，创造出用望远镜卡距离的方法，克服了因轮距仪损坏而影响工作质量的困境。他这么顽强地工作着，心里是怀有一种美好向往的。他希望着他和他的同行们的工作，会唤起戈壁滩的欢乐、微笑和神话般的变化。今年，他又离开了自己热恋着的爱人，虽然是依依不舍，但并没有哭泣，而是怀着为祖国开发油田的英勇气概，毅然跨进了柴达木盆地。同时，我也不会忘记，当他跨进柴达木的时候，又怀着怎样尊敬和激动的心情，向党递交了申请书。他希望做一名共产党员。在实际的生活中，在具体的斗争中，他越来越感到一种需要，一种力量，这就是党。他认为自己的成长，自己的思想，对生活的热望和勇气，都是党给予的。他要求党教育他，考验他。他说：“我的缺点很多，需要党的教育！”

夜已深了。他睡熟了。在这个小帐篷里，我清楚地听得见他的平缓均匀的呼吸声。睡得多甜呵！我想，这个青年人，从他走出清华园那天起，就一直奔跑在荒山、草原、沙漠和戈壁里，该多辛苦呢！但是，他和我以往的谈话里，始终都是那么乐观、愉快和充满着真挚的感情。他在长年的地质勘探生活里，已经学会适应一切困难的环境。他能啃干馍，能喝苦水，会爬高山，会鉴定岩石，会独立地接受国家任务和独立地带领一个队到偏僻的地区开展工作。只两三年的光景，他的变化是令人惊异的，可爱的。今天，我看见他的时候，要不是他坚实的步伐和谦逊的笑容，都几乎认不出来了。他的脸面，完全变成了铁红色，真像刚从熔炉中炼出来似的，还闪闪发光呢。本来，他的眼睛是深凹的，长得挺漂亮，现在瘦了，陷得更深了，但却放射着坚毅的逼人的青春火焰。

确实，柴达木的勘探生活是艰苦的。盆地纯属大陆性气候。一天内，冷热变化可以相差几十度。这块土地是干渴的，荒芜的。缺水缺柴，给工作造成了很大困难。在这里，人们吃喝的是苦水或咸水，即便苦水、咸水还是用骆驼从很远的地方运来。有时候，骆驼也因饥渴，倒毙在沙漠里。那么，勘探者就得挨饿，就得自己背水、背柴、背粮。柴达木的夏天和秋天之间，是大蚊虫和牛虻逞凶的季节。在这里，流传着大风暴把羊儿吹上天空的故事；也确有大蚱蜢咬得骆驼和马背上流血和嚎叫的故事。勘探者在这里生活着是要受煎熬的。但是，人正在征服着大自然，大自然会驯服下来的。葛泰生撇起嘴，做着手势，很有风趣地对我说："要在六七月呵，蚊虫多得一巴掌可以打到十几个哩！"但是，就在这种生活中，他还经常唱着他和他的爱人都喜欢的一首歌曲呢："你呵我的大地，辽阔的大地！你呵我的大地，辽阔的大地！……"

在葛泰生队停留的第二天，我还特意拜访了队上的警卫战士们。

中午，我被一片快乐的歌声吸引，走进一个小帐篷里。帐篷里有三个战士。两个人合捧着一个歌本唱着，一个人趴在铺上写着什么，嘴还随声哼着。帐篷沉浸在歌声里。他们唱得入迷了。我走进去站了一会儿，他们还没有发觉。我看着这种情景，心里很兴奋。他们的谈话是谦虚的。每个人都流露出对柴达木的依恋情绪。在谈话中，我偶尔在桌上发现一个日记本。日记本的封皮上端端正正地写着“刘守彬”三个字。我问：“能看吗？”一个面庞黑红、穿着显然是被山石刺破的黄棉军装的战士含羞地说：“能看。”我一翻开本子，就先看到一首诗。他写着：

英雄的部队驻在柴达木，恶劣的风暴挡不住英雄。没有战胜不了的困难，任何困难挡不住英雄。

我抬起头，不由得看了看这位战士。他的日记写得很真切。让我直接摘录下来一段：

前面有一个很深很狭的崖头，从哪里走都上不去。我穿着皮鞋，把大枪背上，两手抓住石壁，用皮鞋后跟蹬出窝窝。爬到山腰里，忽然一块石头从脚跟滑下去，手没抓紧，咕噜把我滚下山去了。我的腿上擦破了一层皮，流着血，一点也不觉得疼。枪也沾满了土和沙子。我向黄正芳要了个地质锤，爬一步，挖一个窝窝，再踏稳脚跟，手抓结实，用最大的力气才爬上去了。我到了山顶上，又用绳子把下面的人吊上去……

读着这段日记，我们作何感想呢？这是在柴达木的人民战士和勘探者们的工作写实。柴达木的工作，磨炼着每一个人；在祖国的伟大建设中，他们用地质锤留下了深刻的印记。刘守彬在学习文化中，在作业造句里，还有着下面这样的句子："迷失——王进喜到葫芦沟迷失了方向，找不到帐篷了。""昏昏沉沉——我下山时，山上的石头把我绊倒了，摔得昏昏沉沉的什么都不知道。"战士们克服着困难，兢兢业业地担负着警卫工作。就在夜晚下哨后，他们还很关心伙伴们，看见哪一个帐篷里，哪一个人被子没盖好，便给拉着盖上;哪一个人铺盖薄,便把自己的被子给盖上。就在早晨出工前，他们把每个水壶给灌满开水，还给上山的人把馒头都烤好了。在山上工作的时候，他们自动帮助背仪器，扛标杆，还自动去背水背饭送给山里工作的人。刘守彬在八月十七日的日记上，又有这么一段话：

我们背水时，遇到很多困难。爬陡山，脚爬，手也爬。爬上山，浑身是汗，心窝都挣的疼，腿也酸痛。但丝毫没讲二话，我们克服了困难，完成了任务。

这是一些怎样的人？这是多么值得我们自豪的人民战士呀！战士们是最先把五星红旗插在柴达木的。接着，他们没有休息，又以英雄的姿态，参加了柴达木的地质勘探工作。我对战士们说："你们辛苦了！"他们齐声庄严地说："为人民服务！"刘守彬还攒劲地补充说："柴达木没啥苦的。就苦吧，也没啥。只要柴达木开发了油田，这比什么都好。现在，咱们的国家，就是要把苦焦的地方变成人民的乐园嘛！”

我从帐篷走出来，心里怀着尊敬的感觉。这时候，我又看见一位年轻的炊事员，他正在从帐篷里把每个人的铺盖抱出来，迎着阳光，打开搭在帐篷的绳子上。这位炊事员的行动，马上使我联想到昨天晚上睡在帐篷里，底下铺着厚褥子、毯子和床单，还觉得潮湿、渗凉的情形。他的举动很自然，很安详，好像把每个人的铺盖抱出来晒太阳，是他应该做的本分的事情。柴达木的生活，把人们的感情紧紧地连在了一起，人是多么友爱呵！我看着，正准备帮着抱铺盖晒太阳，炊事员却端来满满的一茶缸开水，递在了我的手中。我端着开水，手觉得是暖和的，心也觉得是暖和的。这是多么珍贵的一杯开水呵！它不知道经过了多少路程，又不知道是哪位同志从阿拉尔背来的。我想起了这里的勘探者们，为了节省水，用沙子洗碗洗筷子的事情。我也想起了一缸水，怎么使一个干渴得昏倒的人苏醒的故事。现在，我很渴了，端着水一口一口慢慢地喝着，想着。

葛泰生和他的伙伴们，正像青年战士刘守彬说的，克服了很多困难，同时也做出了很大的成绩。我还听到这样一个故事：有一次，葛泰生和几个技术员，去普查盆地一个偏远的地区。他们啃干馍，喝冷水，在大荒漠里走了几天，才摸索着找到了目的地。他们工作完结以后，吃食和水都快用完了。当他们往回走的时候，骆驼忍受不住沙漠的饥寒，已经有好几峰困死了。在大荒漠里，连乌孜别克族向导依斯阿吉都转了向，迷失了路。其实，哪来的路呢？就是有路，还不是我们勘探者踩踏出来的吗？他们怅惘、饥饿、寒冷、困倦，该向哪里走好呵！要是再耽搁几天，人就会支持不住的。但是，他们没有失望，仍然不分昼夜地走着，摸索着。终于，他们回来了，还带回来使人振奋的大块的油苗、沥青和寻找到一个储油构造的消息。

他们就是这样工作着。就是这样在和大自然的斗争中寻找着快乐、安慰。在柴达木，只葛泰生和他的队已勘探了三四个储油构造了。可是，你要问葛泰生，他会谦虚地说："我们做得还太少了！"你再要对他们说："你们可够辛苦了！"他们会摇着头说："不。不苦！很好，很有价值！"你看，我们时代培养出来的青年勘探者，就是这样的人：他们热爱劳动，把劳动看作最荣誉最光彩的事情！他们不畏艰苦，把承担艰苦的工作，看作最豪迈最壮丽的事业！

再见，柴达木

我们爬高山，走沙漠，看一个构造，又看一个构造，心情一直是振奋的。但是，当我们离开葛泰生队，跨入一座深山里，迎面吹过来一阵浓浓的油味时，我们的心情已不是振奋所能表达得了的，而是完全被极度的欢乐溶化了。我们已跨入柴达木最出名的油砂山里了。

抬头看，你的眼前显出的是一座峻峭的高山。山岭突出险要，像钢刀般插入天空。山呈黑红色和紫黑色。你无论走到哪个地方，都可以顺手取得油砂。每一块油砂，都可以闻到甜美钻心的酥香。在它的南前方，可以瞭望到白雪皑皑的昆仑山，和娴静的尕斯库勒湖。在油砂山脚下，整齐地排列着一行一行的帐篷和蒙古包，好像一大群小绵羊似的，又像一处白色的市镇，这就是勘探柴达木的人们的大本营。自从有了这个大本营，柴达木仿佛得到了最纯洁最动人的爱情，变得年轻、豪放、快乐，油砂山获得了新的生命，不再那么拘谨，那么羞涩，敞开胸怀放射出动人心魄的芳香。

呵，油砂山，你多可爱呀！你给我们勘探者灌注着甜蜜的奶汁，你使我们更深地了解了勇敢的意义。就在你的周围，我们勘探者不知洒下了多少汗珠，留下了多少脚印。我们向上爬啊爬啊，你好高哟！我走到山腰，憩息在你的怀中，尽情地享受着你的芳香。我极目眺望着远方，想把你的美丽和我尝受到的幸福，传达给我的亲人和朋友们。我在手掌中搓揉着紫黑的泥土，仔细地观察着那险峻的山岭，又不能不想起那个英勇的故事：就在那最高的山岭上，曾经爬上去过我们的一队人。这一队人中有我的老相识测量技术员刘承昌，他虽然见了女同志就脸红，爬起山来却是勇猛的。但是，这座高山却不是好爬的。就因为它又高又陡，太不好爬，人们给它取了个名字叫：英雄岭。意思是说，谁能爬到岭上去，谁就是英雄。这一队人，为了给地质详查工作创造条件，担任着调查地理环境和交通情况的任务，开始往岭上爬了。一清早，他们穿过又黑又狭窄得只能钻过去一个人的长长的峡谷，就一直向着没有路的陡崖爬，一会踩着尖刀似的砾石，一会踏进松软的砂石。他们被大蚊虫咬着，被大风刮过来的碎石打着，手爬，脚爬，用脚蹬着小窝窝爬。有时被顽石绊倒了，有时从山上摔下来，总是不回头，向上爬着。谁能摧折他们的意志，谁能阻挡得住他们的脚步呢？他们爬上去了。他们站到最高的山上了。傍晚，当金色的霞光辉映着山岭的时候，他们在岭上吹起口琴，唱着歌，庆贺自己的胜利。夜晚，他们用老羊皮裹着身子，窝在山峡里。第二天，他们开始工作了。可是，谁知道，下午，山野怒吼了。人们上来了，就不能下去。这一队人围坐在一起，抵抗着风暴。不一会儿，山岭上又落雨了。雨呵，下着，下着，你要把勘探者怎么样呢？几个人用一张油布顶在头上，这管什么事！一张油布能顶得一昼夜的暴雨吗？大雨下了一昼夜，人们只能背靠背坐了一夜。刘承昌和他的伙伴们，因为疲劳的缘故，不管衣服已淋透了都还饱饱地睡了一觉哩！天亮了。人们醒了。太阳出来了。可是，大家都成了泥人，脸上五光十色的，多好笑哟！他们是英雄。他们多好呵。他们完成了任务，为以后上岭的人做详查工作创造了很好的条件。

整一天，我们忘记了疲劳，一直在油砂山里周旋着。黄昏，人们才怀着满足的心情向山下走来。在山腰间，有一架手摇钻机，发出隆隆的吼声，和工人的喧嚷声交织在一起。工人们忙碌着，拉着纤，操作着钻机，好像一下子就会把地壳打开，拿出宝贝来似的。虽然，因为柴达木交通不便，用水困难，水源正在勘探中，只能暂时使用这种原始的落后的手摇钻机。但是，就是这台手摇钻机，第一次冲破了柴达木的沉寂。它的声音使山岭苏醒，使大地复活。要是再过些天，用载重卡车运来许多大型钻机，那时候，柴达木不知道会怎样狂欢哩！

我们向山下走时，还看见一伙人，他们是两个背水组。这些背水的青年，肩膀上都搭着一块厚垫子。有的人垫子磨烂了，肩膀上都暴出了棉絮。每天，他们要从山下一个名叫棕扎哈苦泉水的地方，往山上来回背三四次水，供给钻机使用。自然，这种工作是艰难的。我问一个青年：“哪里人？”他说：“敦煌。”“读过书吗？”“中学。”“工作得怎么样？”“好。很快活。我们还和钻井组挑战哩！我们保证一定把钻机用水供上，他们保证一定要进尺快，争取早日完成钻探任务！”你看，在柴达木，不管做什么工作的人，都是这个样子：他们热爱自己的工作，并在不断改进自己的工作，尽量地在开发柴达木的油田事业中，贡献出自己的一份力量。

我们下了山，憩在勘探者们的大本营里。这是个勘探指挥部，各工种队就从这里接受指示、任务，向柴达木四面八方进军。大本营里还有敦煌贸易公司运来的各种货物：你要手巾，香皂？还是要牙刷，衣裳？你愿意吃鸡肉罐头，还是喜欢吃红烧猪肉罐头？都有。我转着看了一阵，觉得身上渗凉渗凉的，就走进帐篷里去了。

这时候，突然，帐篷外面，人声嚷嚷，有人喊道：“快，看野马！”我又转身走出去，外面已有一大群人围了一个圈，看着从骆驼身上拉下来的两匹野马。原来，就在我们看油砂山构造的时候，那个作向导的哈萨克族青年木斯达法，骑着骆驼到昆仑山里打野马去了。他打野马是为着自己吃，也是为了让局长、专家们和勘探者们尝尝野味。野马肉很鲜，很香，吃着和炖的牛肉一个味。只是肉粗些，肥得厉害，吃多了，一天不饿，净想喝水。哈萨克族兄弟是很热情的，只要做好了肉，你不吃，他们是不乐意的。你吃了，他们很高兴。而且在你吃饱了以后，最后还用手抓起一大块瘦肉和一大块肥肉，亲自塞进你的嘴里才完。他们说：“这是我们的礼节！”勘探者们不知道吃了多少次野味了哩！在柴达木当向导的和做运输工作的人，有蒙古族、哈萨克族和维吾尔族的老人和青年们，他们都擅长打猎，常打黄羊和野马慰劳勘探者。在食物遭遇困难的时候，野味就成为主食了。现在，他们有的人还正在山里和勘探者们一起奔跑；有的人就住在大本营，准备接受任务出发。他们和勘探者生活得很热火，很融洽。他们都懂得勘探者的活动会给自己和各族人民带来美好的生活。因此，他们离开了妻子儿女，整年不辞劳苦地随勘探人们一起奔波着。

夜。一个多么美丽的夜晚呵！柴达木各工种的队长们聚会了。我看见了青年重力专家张得经，他的身材高大，说话声音低哑而风趣。他的脸面仿佛总是盖着一层厚厚的灰尘。由于他和全队的努力，重力勘探以提早超额完成任务出名。我也看见了有着一副黧黑长脸的青年队长朱儒勋，他在陕北就工作得很好，因此，今天又在柴达木担任艰巨的细测工作，提供深探井井位的资料。那个身材瘦长的王吉庆队长，他很少说话，做事干练。就是他曾经和几个人寻找到一个大的储油构造，因为迷恋构造而忘却了返回，结果在黑夜返回中饥渴得昏倒，迷失了方向。我很喜欢那个纯洁热情的大队技术员王福林，他说话是憨直的，做工作是埋头苦干的。人们都愿意和他一起工作，喜欢他。最近，他爱上了一个四川姑娘，他常想她，给她写信，还答应了请勘探朋友们吃糖吃罐头哩。还有……不多说了。我看着这伙青年勘探者，心里是有很多话想说的。我在他们身上，看到青春闪烁着的光彩，看到地质勘探事业的远大前程。他们为了祖国，献出了自己的聪明才华。他们的青春、生命，才是值得赞美的。

今天晚上这个聚会，就是总结他们的工作，是一个重要的不平常的会。会上，石油管理总局的地质师们，做了柴达木工作的评价和今后勘探方向的报告，对柴达木的工作作了宝贵的指示。最后讲话的是总局局长们。从这些报告和讲话里，你会感到一种力量，你会清楚地看到：担负着勘探柴达木任务的人们，付出了如何巨大的代价，进行了怎样有成效的劳动，已经寻找到了众多的适宜于储油的构造，获得了惊人的、贵重的和大量的地质资料！这些为国家提供出来的地质资料，给柴达木开辟了令人振奋的前景。而同时，勘探者还正在继续勇猛地向柴达木的最深处挺进着，冲击着。呵，来吧，我的朋友们，在这个聚会上，让我们举起这杯酒，为了柴达木，为了勘探柴达木的人们干杯，干杯呵！我还想告诉我的国家，告诉远离柴达木的兄弟姐妹们：在柴达木工作的人，是完全可以被信任的人。他们从事着一桩惊心动魄的事业，并且，也一定会完成这桩事业的！

我们得离开柴达木了。黎明。晨光穿过了昆仑山巅，披在尕斯库勒湖上闪着妩媚耀眼的光亮。油砂山挺起胸膛，迎接着黎明。一群雁儿飞起，乘着风浪，唱着温婉的歌，奔向了黎明。柴达木的早晨多好呵！我紧紧地握着勘探朋友的手，怎么也想不起就要离开了。呵，再见了，可亲可敬的勘探伙伴们！再见了，柴达木，你这正在被开垦的处女地！再见了，你微笑着的昆仑山、阿尔金山和油砂山！再见了，尕斯库勒湖，你发源于铁木里克，无数的支流汇集成你这个大湖，你才能放任自由地向东方奔流；可是，当雁儿歌唱你的时候，当你觉得骄傲的时候，你可曾晓得，不久，勘探柴达木的人们，就会在你的身旁开拓出来一条更宽长更壮丽的河流；这条河流以黑色的金光，黑色的奶汁，可以和大江大湖媲美！

再见了。我还要来的。当我在归途上，又看见了敦煌，又看见了玉门油田的时候，我心里就想：我们的祖先能够创造出来世界驰名的千佛洞的飞天壁画，我们的祖国已有了玉门这个辉煌灿烂的黑金都市，在柴达木盆地里，我们的人民就不能够再创造出来伟大的奇迹，再拥抱起一座辉煌灿烂的黑金都市吗？能够的。一定能够的！

1954 年 11 月，酒泉

冬夜情思

冬夜。冬夜深了。

我在桌旁坐了许久，又在房内走动了许久。房内是安静的，可是我的心却是这样怅惘。在这漫长的冬夜里，是什么扰乱着我的心，而使我这样不安呢？窗外，传来了树枝摇晃的声音，一阵冷飕飕的风，拍打着我的房门。我觉得，有什么呼唤着我似的。房内是多么闷热，我推开门走出去了。

我一走出房门，凛冽的风就袭来了。可是，我反而得到了舒畅、愉快。我迎着风，仰望着夜空。呵，冬夜！冬夜的天空湛蓝，深沉，笼罩着一层淡淡的银色的薄雾。那遥远的天边，挂着无数晶亮的星星，它们在眨眼，在微笑，满含着动人的光芒！

这时候，我又突然发现了什么，清醒了似的，心里感到一阵强烈的颤动。风催促着我的回忆，把我的思绪引向了远方。呵，不正是这样的冬夜，在祖国西北的大戈壁滩上，我们可爱的勘探者，拔着骆驼草，燃起了篝火，在烧烤着干馍馍吃吗？不正是这样的冬夜，在柴达木盆地的大沙漠里，我们可敬的钻探工人们紧张地接换着钻杆，又开动了钻机，在探寻着地下油海吗？这时候，勘探朋友们在做着什么呢？或者，那些搭在戈壁的帐篷里，仍然闪着光亮，勘探者正在用细巧的笔，勾画着一年的工作成果？或者，他们正在为图幅上的一个点一条线，在争吵，在苦恼？或者，他们已经画完了最后一笔，在快乐，在歌唱吧？或者，他们又在举行帐篷舞会，欢度除夕？而有的伙伴们，相挽着手，还在冬夜里谈笑，漫步？呵，我不也曾经和他们一起，站在嘉峪关的城楼上，眺望过这冬夜的晶亮的星群；我不也曾经和他们一起，漫步在尕斯库勒湖畔，探索过这笼罩着淡淡的银色薄雾的夜空么？

可是，现在，我只有怅惘不安。冷飕飕的风，仍然扑打着我。然而，我觉得，这风对我不是陌生的，我在呼吸里能够尝出来那种亲切的甜蜜的滋味。这已经很久了，我远离了朋友们。虽然，我并没有放慢自己的步子；可是，每一步都留下了怀念的印记。一年过去了，新的一年又来到了，我却迟迟地没有走回来。

呵，冬夜，冬夜黑暗而深广。可是，我能够清楚地看见被风吹得摇晃的玉兰树。不知什么时候，它就生长在我的窗外。我喜欢它，因为它是知春的花树。春天来了，它开的花是那么洁白，香甜。那时候，它将激励着我，使我走上西北的大戈壁滩，走到勘探朋友们的身边。

我在冬夜里走着，走了许久许久。我不再回顾什么，想着什么。只是我的心呵，被怀念咬嚼得疼痛。我觉得，怀念像海……

1956 年除夕，西安

怀念你呵，柴达木

黎明的晨曦，呼唤着我。

我爬上披篷卡车，从兰州起程了。我挤在旅客们中间，坐在一个老婆婆的面前。她到哪里去呢？她的堆满着皱纹的面庞，每一条纹道里都蕴藏着善良和慈爱；她那银色的发丝，在晨风里飘动，闪着多么可敬的感人的光芒。在她的身旁，这边依偎着一个胖乎乎的男孩，那边依偎着一个翘起两根小辫子的女孩；女孩的身旁又挤着一个戴着红领巾的女孩，她怀里抱着一个白兰瓜，眼睛睁得又圆又亮，带着一股顽皮的神气，瞅着周围的旅客。人们一看见她瞪着圆亮亮眼睛的样子，都不由得笑着，逗着她玩。在她们的对面，有一对中年夫妇，坐在两大捆行李卷上，男的膝头上还放着文件皮包和一个装得鼓鼓的大包，两腿中间还夹着大皮箱和两三个小袋子。他转过头，对妻子说了句什么，妻子就把头上的花纱巾扯下来，盖住钻在怀里的婴儿的小脸，又轻轻地拍着，摇着。婴儿睡着了。

我的同车旅伴们，有年长的，年少的。两个五十多岁的老人，面对面坐着，刚认识似的，互相询问着什么。五六个男女学生，他们不时地向车外望着，不停地嚷叫着，好像他们身上有一团火燃烧着，最不安宁。两个穿黄军装夏衣的战士，不声不响地坐着，一个递给一个饼子，啃了起来；他们是回家去呢，还是去参加一种新的劳动？一个戴近视眼镜的人，他默默地窝在车厢前头，手里捧着一本书，尽管车子颠簸得厉害，可是书里好像有特别吸引人的东西，他把书盖在脸面上，艰苦地读着……

这些旅伴们，他们都是到哪里去呢？年老的是探望儿女去的吧？年少的是参加垦荒队的吧？不，或者他们是到地质勘探队去的，修筑青藏公路去的，到柴达木石油探区去的，到祁连山煤田去的吧？……虽然，我还不认识他们，但是，我们是同车到青海去的，我觉得和他们是亲近的。我问这个戴近视眼镜的工程师模样的人："你到哪里？"他把书本从脸上移开一点说："回盆地。"我忙说："柴达木？"他瞟了我一眼，点了点头，仍然用书本盖住了脸面。

呵，我也是到柴达木盆地呵！

迎着高原的晨风，眼望着东方投射出来的第一片朝霞，我心里感到了莫大的欢喜。1954 年，也是这样清爽的秋天，我曾经从敦煌走入柴达木，和第一批开辟柴达木的勘探者一起，度过了许多艰难的极其珍贵的日子。……那些可爱的勘探者，他们使人多么怀念呵！我不由得站起来，靠在车头上，眺望着高原的黄山，高原的白杨，高原的风尘。呵，黄色的风尘，吹吧，卷起砂石吹吧，吹得更猛烈些吧！或者，这正是来自柴达木的风尘，它和柴达木的风尘有多么相像！那高空的雄鹰，欢舞的鸽群，随我一起飞吧，你看，我不又踏上柴达木的征途了吗？

有着一对顽皮眼睛的小女孩，也站起来了；她把头昂得高高的，一任霞光扫洗着头面，一任黄风吹拂着红领巾。她快乐得直喊叫：“哎哟，大山，大风，多高的白杨树，头一回看见哩！”

她的喊声，惊动了旅客们。那个头上翘着两根小辫子的女孩，一下子跳了起来。那个胖乎乎的小男孩，也一下子蹦了起来，又特意抓起老婆婆的胳膊，央求地说：“婆婆，你也看一看，看一看嘛。”婆婆拗不过孙子，站起来，笑了笑说：“看见了。”小男孩也随着坐下来，还傲气地撅起嘴：“这有什么稀罕！”

“哼，你知道啥，这就是老师说的，祖国的大好山河！”

“就是。”翘着小辫子的女孩也说。

孩子们的话语，多么动听。

我问戴红领巾的女孩：“多大了？”

她瞪起眼睛，说：“十岁。”

“你呢？”

“十三。”翘着小辫子的女孩说。

“我给你说吧。”戴红领巾的女孩抢着说：“她是我姐姐，老大，我是老二。”指着胖乎乎的男孩说：“他是老三。”又指着老婆婆和对面一对中年夫妇说：“我婆婆，我爸爸，我妈妈，怀里是小弟弟，老四，最爱哭啦！……”她一连串介绍完了，又向妈妈伸了伸舌头，坐下来了。妈妈佯怒地说：“就你话多。”她满不在乎，又悄声对我说：“爸爸、妈妈在煤田局工作，调青海了。”

“是吗，那你也来青海了？”

“爸爸说叫我在青海念书。妈妈说青海煤可多啦！”

“你还知道什么？”

“妈妈说啦，青海宝贝多哩，还有石油！”

“石油在哪里？”

“哼，你当我不知道，柴达木，柴达木！”

胖乎乎的老三搭腔了：“石油什么样，白的吗？”

老大鼓起嘴说：“谁给你说白的？黑的。”

“就你知道。”做妹妹的不满了，“为啥是黑的，为啥不是白的呢？”

车颠了一下，妈妈怀里的婴儿哭了：“快别吵了，弟弟都叫你们吵醒啦。”

中午的时候，车子在享堂站憩了一阵。人们说这里有驰名的青海西瓜和“软儿”——一种吃起来喷香软和的果子。旅客们下了车，就寻着买去了。我吃到了西瓜，香甜多汁，真解渴。只是没有找到“软儿”。

天热起来了。旅客们上了车，走了一会儿，都闭起眼睛，憩着；有的很快地打起鼾，睡着了。我想憩一下，可是，不知是车子颠得厉害，还是心里不安静，闭起眼睛，又睁开了。当车子驶过一座少见的公路吊桥的时候，我干脆揉了揉眼睛，站起来了。

车子迅速地向前驶行着。

虽然，这已是炎热的夏天，可是，高原的风是清凉的，吹在人身上，觉得爽快，适意。眼前，一座座山峰，好像黄河的波浪，一个推一个，滚滚而去。公路两旁，挺拔的白杨树，一排又一排，好像风尘仆仆的战士，一面飞跑着，一面歌唱着。望上去，高原的天空纯净，碧蓝，飘着白绵绵的云朵。这一切，雄壮，美丽，而又动人。这一切，唤起了我内心一阵激动，把我的思绪引向久已向往的柴达木去了。

呵，这已是第几个夏天，第几个炎热的日子了，我远远地离开了柴达木。柴达木呵柴达木，在四川的圣灯山上，在那些勘探着气田和生产着炭黑的人们中间，我怀念着你。在松花江畔，在那些熙熙攘攘的欢乐的人群中，我怀念着你。在渤海的胸膛上航行，眺望着汹涌澎湃的海浪，我怀念着你。在祖国的首都，沿着中南海的红墙行走，我怀念着你，怀念着你呵！我忘记不了一个酷寒的冬夜，那个刮着刺骨的寒风的冬夜，我怎么从房里走出来，徘徊在大街上，寻找着柴达木的星空。我走着，走着，我的心是怎样急切地探索着通往柴达木的道路呵！正是这个冬夜，我更多地了解了，怀念意味着什么，怀念给人以什么。

今天，我终于迈开了步子，又踏上柴达木的征途了。

那些可尊敬的勘探者，我的朋友们，那来自昆仑山上的风暴，可曾使你们摔跤？那大戈壁滩上的严寒，可曾冻坏了你们的手脚？那沙漠中的骆驼的脚印，是否又失踪了，你们又要迷路了？或者，这时候，你们正在险山上，快活地抓起雪粒，塞进嘴里，然后又啃着干馍馍呢？或者，这时候，你们又寻找到了一些矿苗，一块沥青，一块地蜡，一块铬铁，一块煤，在争论，在吵闹不休呢？也许，这时候，你们正迎着漫天的风沙，走入了柴达木的腹地，又开辟了一个新的探区，而一个新的油田又在你们手中举起来了吧？可爱的勘探者，你们给人以多少信赖，多么珍贵的怀念呵！

披篷卡车，飞吧，载着我飞吧。虽然，我已经在旅途中，可是，我的心早已在柴达木转悠开了。

这时候，我的小旅伴们又吵闹了。

那个做姐姐的掀着妹妹，喊道：“不要挤我了，不要挤我了！”

顽皮的妹妹笑着，嚷着：“我没有挤呀！”

胖乎乎的小弟弟，特别对妈妈说："妈妈，我没有挤！" 接着，他把头靠在婆婆怀里，乖巧地说："婆婆，你往过坐，挤挤我。哟，你瞌睡啦？来，来，枕在我身上。"小孙子伸出小手，扳过婆婆的头，放在自己肩膀上。婆婆枕着孙子的肩膀入睡了。

这些孩子多么天真，可爱。现在，他们跟着婆婆、妈妈、爸爸到青海来了；他们带着自己的微笑、顽皮和纯洁的小心灵到青海来了。不久，他们就要背着小书包，在青海上学；不久，他们就要张开小喉咙，在高原上放歌，舒展起小手脚，在高原上舞之蹈之了。

高原的白杨，一定会扶持他们成才的。

高原的风尘，一定会把他们锻炼成钢的。

我们的披篷车，转过一座山，又一座山；爬过一条沟，又一条沟，地势越来越高了，树木也越来越多了。

这时候，我们在一条又深又长的林荫道上驶行着，满眼葱绿葱绿的，上面只露出一线天。在公路两旁，有金色的麦田，有茂盛的果木园；而那条驰名的湟水，好像高原上一匹驯良的马儿，在农庄边上流过，在丛林里穿梭而行。农民们挥起镰刀，割着成熟了的麦子；农妇们洗着衣裳，在湟水岸上唱出了一声柔和而又动人的青海"花儿"，听起来深远，豪放！

车子飞也似的驶行着。高山、湟水、树林、麦田、农人，一切的一切，仿佛电般闪过去了。瞬间，丛林里现出了平屋，冒出了高楼；看那红墙绿瓦的寺院，看那金色的塔尖……

旅客们都站了起来，向车外望着，眼睛里含着欢欣，喜悦。只有那个戴着近视眼镜的工程师，好像已经习惯了这里的一切，不再惊奇，低头整理着行装。老婆婆微笑了。孩子们兴高采烈，在车上乱跳，乱嚷:“爸爸、妈妈、婆婆，快看呀，那么多人，那么多房子！哎呀，树这么多，把人都挡得看不清了！”

确实，这里的树很多，而且多是白杨树，都长得挺拔、强劲、俊美。

我们好像走进了一层层绿色的帷幕里。

绿色的帷幕里，卧伏着西宁。

1957年8月5日，西宁

西宁——高原的雄狮

披着晚霞的鸽群，在西宁上空飞旋着。

黄昏来到了这座高原的古城。我站在北城墙上，望着群山，群山连绵起伏，仿佛黄河的波涛，环绕着古城。我望着湟水，湟水从西滚滚而来，沿着河岸茂密的丛林，顺着古城流转。晚霞照耀着市内一座座崭新的楼房，照耀着寺院古老的金塔；那一院院红墙瓦房，一排排黄土平屋，显得静穆而又多彩。

然而，沿着城墙的一条大路上，载重卡车、马拉车和架子车，拉着器材、木材、砖瓦和石块，扬长而过，犹如湟水奔流，掀起了漫天的风尘。而那些远道的脚户们，已在树林里卸下货物，把马儿放在河畔，搭起帐篷，用羊皮风箱煽起了炊烟。湟水桥头上，一对对情人，有的依偎在栏杆上，有的在桥头漫步。一群嬉戏着的孩子，撒腿在林子里追逐着什么，跑过来了。

黄昏里的西宁，给人以静穆、和平而又活跃的景象。

西宁，虽然位于青海省东部，但却是各族人民生活的核心。古来，她就被人们称颂着："民俗质朴，风土壮猛，人性坚刚慷慨……""勤于耕稼,多畜牧。无复寇盗,并有金方之气。”多么好的赞美！我想，这“金方之气”，当指的是:“鱼盐之饶，畜产之美，……青黄之羊，黑白之鲤，野马腾骧，犛牛奔靡……”(见《西宁府新志》)多么好的写实！同时，城内除了有金塔、寺院和那些集中了青海各族人民的智慧所创造的庙宇、古迹以外，城西南不远的鲁沙尔，还矗立着著名的塔尔寺(据说黄教始祖宗喀巴大师出生时胞衣埋此，上生菩提树一株……)。当你看到山前八个古老的白塔、挂满彩幡锦幛的大经堂和大金瓦寺的金色尖塔的时候，你不能不为人民的创造力而赞叹不已。

但是，历年来，西宁是统治阶级奴役人民的场所，尤其在马家军阀统治的年代，青海人民一直处在饥苦和悲惨的境地里。解放前夕，马匪逃跑的时候，青海遭到了浩劫，西宁遭到了破坏。那时候，西宁好像一个被丢弃的孤苦的老妇，佝偻着身子，披着破烂的衣衫，在高原上踯躅着。走进古城的解放军战士们，可以听见孤苦无依的女人和孩子的乞叫声，可以看见流离失所的人的枯黄的面孔。夜晚，又有多少饥饿的人，蜷曲在砖瓦堆里，呻吟在城门洞口呢。乞叫声、饥饿声和鸦噪声，笼罩了西宁。西宁的面目有多么凄苦呵！

人们不会忘记，为了解放西宁，为了拯救青海人民，我们解放军的战士们，曾经怎样英勇地和马匪作战，而又付出了多少鲜血！在城南的凤凰山上，有一座革命烈士陵园，那里埋葬着 1936 年被马匪屠杀、就义在西宁的工农红军战士的忠骨；也同时埋葬着 1949 年和马匪作战，牺牲在青海的解放军战士的忠骨。走在凤凰山上，眼望着一座座坟茔，能有谁不肃然起敬呢……

然而，现在，西宁不同了，她抹去了凄苦的形影，穿上了绿色的衣衫，显得矫健而又朝气勃勃。从北城墙上望出去，在绿林里，在湟水畔，在英雄们曾经洒下了鲜血的大地上，涌现出许多新的楼房，新的平屋，新的工厂……在东西大街上，人群里有穿着绛红色长袍的藏族青年，和发辫下披挂着银器的藏族姑娘；有戴着礼帽的潇洒的蒙古族兄弟，和围着黑绒盖头的回族妇女，以及穿着时装的汉族同胞。他们都喜形于色，有的钻进百货公司去了，有的在大街上散心，有的走进湟光电影院去了。市郊的胜利公园，树木茂盛，湖水清亮，有亭子、泉水、草地、茶棚。这里可以听到地道的青海眉户，也可以欣赏到天然的小桥、流水、人家……

一年又一年，西宁兴旺起来了。尤其是1954年以来，当第一支地质队伍挺入了柴达木的时候，当第一批勘探队伍爬上了祁连山的时候，西宁更加活跃了，繁荣了。西宁以前所未有的魄力，伸出了双手，迎接着金银、铅锌、盐碱、煤炭、石油和钢铁的喜报。青海真有“金方之气”呵！随即，西宁又以最大的力量，支援柴达木，支援祁连山，劈山开路，运粮运人，开始了豪迈的社会主义建设事业。

当我和一位省委书记谈话的时候，就更多地了解了这一切。他一听说我到柴达木去，就连声说：“好呵，好呵！”他的言谈，平易近人，娓娓动听，带着一种爽朗的风度。自然，他是进军青海的领导者之一，可以谈起解放青海的许多英雄故事；可是，他没有谈这些，而且，当我一走进他的房间，听他说着第一句话的时候，就感到这位书记如今的兴趣在哪里了。

他的房间里挂着许多图幅，其中有一张1957年1月新出版的《青海省地图》。他指着地图西北部说：“你看，柴达木变了，不像你们第一次去的那样了。”接着，他指着这条线路，又指着那条线路，告诉我这是什么时候修的，那又是怎么修的。他这么说着，使我想起 1954 年冬天，在北京听一位勘探局长说，大雪曾一度封闭了柴达木，道路困难重重，给盆地的勘探者送不进去煤炭和食粮，大家很焦心，正在想办法，准备用飞机投送物资去。我一提到这件事，省委书记说："以后，我们想法子从格尔木派骆驼去了。从那时候起，就更加感到修路的重要了……"

为了开发柴达木的资源，这位省委书记后来亲自去柴达木探路，研究和部署修筑公路工程。他去的时候，一天只能走几十里地，有的地方，根本过不去，遇到泛浆地带，就拔起戈壁滩的沙柳和野麻垫上，才能走过去。"那时候，柴达木吃水困难，行路困难，勘探队生活太辛苦，有些女孩子，几天都洗不上脸……"

现在，从书记指的柴达木的线路看，有青藏公路、青新公路、茶（卡）茫（崖）公路、格（尔木）敦（煌）公路和三四条支线。公路纵横穿梭，形成了一幅辽阔的公路网。而且，在公路沿线上，每隔十公里，就有一个道班房，走到哪里，哪里就有食堂、旅店。现在，到柴达木的人，大致上再不用背着水和干粮上路了。

同时，书记很有兴致地谈起柴达木的资源，无论说到冷湖、油泉子和油砂山的石油探区，说到铅锌矿山、青藏公路和察尔汗盐湖，他都很熟悉，好像谈着自己的家常似的。而实际上，这也正是青海人民生活中的家常么。他又指着地图说："你看，德令哈、大柴旦、察汗乌苏、诺木洪、格尔木、马海、阿拉尔……都修建了农场、牧场，可以生产粮食、肉食和菜蔬，这样，就可以供应战斗在柴达木的人们的需要了！"

他又津津有味地说："不只柴达木，现在，我们又要想法子向祁连山修路。祁连山是一座多金属的宝山，现在已经发现的矿种就有二十四种之多！”

这位书记的心胸宽大,对未来充满了信心。他非常动情地说:“柴达木是中国的宝盆，祁连山是中国的宝山。现在，还在勘察中，这是一个长期的艰巨的事业，要耐心，要持久！……几次，我想再到盆地去，可是抽不出身，没有去成……有时候，我正在做别的事情，脑子却跑到祁连山去了……”

书记对柴达木和祁连山的感情是显而易见的。如果说，他曾经把自己的生活和战士结合在一起，而且深深地爱着战士的话，那么现在，他用同样的感情关怀着斗争在山区和盆地的人们。

这时候，在黄昏里，西宁显得辉煌而又可爱。

可是，不一会儿，一阵黄风吹过来了。随即，黄风席卷着砂石，更加狂暴地嚎叫着，模糊了人们的视线，弥漫了西宁的天空。高原的黄风，来得多么奇突！但是，就在这时候，大路上的卡车、马拉车和架子车，仍然川流不息地奔走着。那些建筑工人们，在狂风中，仍然站在自己的脚手架上。那些勘探队员们，在狂风中，仍然向高山迈步，向盆地挺进着。而那些顽皮的孩子们，仍然在湟水边的绿林里嬉笑着，追逐着。

我迎着狂风,回望着西宁。瞬间,我觉得,西宁更加雄伟壮丽了，它仿佛是卧伏在高原上的一只雄狮，轻蔑地凝视着狂风。呵，你是在瞭望着祁连山，还是柴达木？你是在向往着丰饶的果洛、玉树、海西、海北、海南的高寒地带，还是惦念着勤恳地创造着生活的藏、蒙古、土、撒拉和哈萨克的民族兄弟呢？……呵,西宁,高原的雄狮，我看见，你在狂风中抖擞着身子，向前勇猛地冲击着。于是，狂风退却了，消失了。于是，西宁又是一片清朗的天，一片绿色的天地。看那披着晚霞的鸽群，它们飞翔得多么欢畅；看那高原上茂密的白杨树，它们是多么傲然地挺立着。我想，生活和斗争在青海的人，也和高原的白杨树一样，勇敢地挺立在山区和盆地里。

我要到柴达木去了，我迫不及待地扛起了行囊……

1957 年 8 月 11 日，西宁

山·湖·草原

夜幕里，西宁仍然酣睡着。

这正是黎明前的时刻，天特别黑暗，我和旅伴们互相呼应着，黑摸地攀上了卡车，出发了。

可爱的司机，他把车灯打得特别亮。虽然，车里是黑乎乎的，可是，我们有着这一道明亮的灯光，心里就觉得舒畅多了。

车灯划出了一条银色的道路。我们看得见前进的方向，听得见白杨的细语声。呵,高原的白杨,你难道没有睡眠吗？你这么早醒来，就在低唱，莫非喜欢远征的司机和旅客们？你这么早醒来，就在低吟，莫非召唤着黎明，好在黎明升起的时候，唱起更豪壮的歌？

处在黎明的前夜，倾听着白杨的细语声，我的心里涌起了一阵海潮。这已经多久多久了，我总算怀着渴望，今天就要踏进柴达木盆地了。我晓得,这时候,车灯向前探索的道路,是一条充满着美丽、奇趣和英雄的道路。可是,为什么当黎明在高原的天际升起的时候，我的眼睛觉得潮湿，我在想望些什么，希冀些什么？这不是祖国的黎明吗，多好的高原的黎明呵！

黎明迎着高原的寒风来到了。

黎明沿着青藏公路奔走着。黎明披着曙色彩衣，迈开了大步，唤醒了雄鹰、雀鸟，唤醒了高山、大地。于是，高原的一切昂起了头，活跃起来了。

八月，高原的麦子黄了，菜籽花儿开了，青稞随着晨风，掀起一条条波纹，向远山飘然而去。在曙色里，高原是一个金黄的天地。

卡车冲着晨风驶行着。

旅伴们在清爽的早晨，精神焕发，挤在一起，开始了询问，谈乐。这一行旅伴，多色多样，有穿着虎皮贴边的紫红色皮衣的藏族兄弟，有戴着白帽穿着黑色长袍的回族兄弟。这几个淳朴的农民，是到察汗乌苏农场去的；这几个身强力壮的工匠，是到茶卡做木工活的；这里有挖盐的、掏炭的、修路的和放牧的，这里有到格尔木、大柴旦、茫崖和昆仑山去的……这里，不要太多的询问，除了四个回拉萨的藏族，大伙都是到柴达木盆地去的，只是工作岗位不同而已。和这些旅伴们在一起，我觉得格外贴近。

太阳出来了。天气变得暖和了。

我们的卡车驶过了湟源县城，向海藏咽喉——日月山奔去了。

这是一座真正巍峨、峻峭的山，多么难以攀登的山呵！向上爬，险要极了。在山腰间，车子好像直立起来似的，头朝着天，鼓着全身的力气，一面吼叫着，一面向上冲去。从下到上，大约有一个钟头，车子才爬上了山顶。

我看见，山顶路边上，竖立着一根长方形的石碑，上面刻着三个红色大字：日月山。呵，日月山，多么雄壮炫目的名字！抬头望去，天空湛蓝、低矮，给人以奇异的感觉。而飘浮在山顶上的白云，好像一条条银色的小河，又好像一团团纯白的花朵，只要伸出手去，就可以摘过来似的。一座峻峭、奇特的山，真不愧日月山的称号。

日月山是海藏咽喉，又是农牧区的分水线。向东看，眼前是农舍、湟水、麦田、青稞和油菜花；向西看，眼前是崇山峻岭，是绿色一片，是茫茫无边的草原。在这八月的高原上，远望起来，一边是金色的天地，一边是绿色的天地，绘成了一幅奇观的画面。千百年来，青藏高原上的各族人民，就在日月山上出入；就在日月山两面，以不同的生活方式，耕田种地，打猎放牧，和大自然进行着斗争，创造着财富、奇迹。千百年来，这日月山上曾经走过了多少虔诚的教徒、喇嘛和善歌善舞的各族男女，又曾流传着多少英雄的故事和美丽的传说呢！

日月山上有着唐朝文成公主的传说。人们说，她接受了西藏赞普的婚约，从长安乘轿出嫁，西行千里，来到了这座山。她在这峻峭难行的山上，看见太阳和长安的不一样，月亮也和长安的不一样，引起了无限相思。于是，唐太宗为了给女儿消愁，特意铸造了一轮金日，一轮金月，送上了此山……

这时候，卡车翻过了山顶，向山下走去。转回头，再看看日月山，仿佛它昂起了头面，正在和蓝天攀谈着什么；一阵，它又好像乘坐着白云，在天空中遨游。在这种绮丽的山景里，人们自然会想起家乡，家乡的山和这里的山是不同的。人们也自然会称赞不已，为这座山想象着动听的传说了。

下山路，曲转漫长。不知拐了多少弯，才下去了。

山下，有一条小河，叫做倒淌河。一般河水都是从西向东流的，这条河水却是从东向西流的。据说，文成公主从日月山下来的时候，换下坐轿，改乘坐骑，向西走去了。她看见前面是荒山旷野，是茫茫无边的草原，觉得凄凉，孤寂，又引起了无限怀念，哭了。她的哭声感动了上天，唤起了小河的共鸣。于是，河水倒流了，顺着公主西行的方向流了。又有人说，倒淌河的水是公主的眼泪汇成的呢……

唐代，文成公主出嫁西藏的路，确实是艰难的，荒凉的。她在草原上落泪，也是自然的了。但是，现在，山上有路，草原上有路，通往西藏的路，又宽大，又抄近。一辆一辆的载重卡车，一队一队的载重卡车，把各族人民寄托在传说里的幸福和幻想运来了，送到身边来了。日月山上出现了新的修筑公路的英雄故事，倒淌河畔出现了草原上第一座小市镇。这里有旅舍、食堂、商店，过路的藏族旅客，把牦牛放入草地，在这里歇歇脚吧。过路的地质勘探者，在进盆地以前，也在这里用碗热饭吧。

河水仍然倒流着，可是生活却向西面无限正常地而又豪迈地行进了。

我们在倒淌河憩了一会儿，又向前走了。

眼前，展开了一片草原，一片辽阔健美的草原！

在绿色的大地上，绿色的风浪里，这边是一群棕黑色的牦牛，一个黑红色脸面的老人，骑在牦牛背上，一晃一晃，悠闲地走着。这边是一群灰白色和枣红色的马儿，一个戴着毡帽的小伙，又英俊，又威武，一阵，他高叫了几声，一阵，他又拍起马向马群冲去了。向前走，又遇上了一大群羊儿，它们活蹦乱跳，调皮得很；一只羊儿咬住一根草，不住地扇动着耳朵，还不停地摇摆着尾巴。一个穿着花边长袍的牧羊姑娘，看起来黑壮，潇洒，甩着又粗又长的发辫，挥着手中的鞭子；她把微笑投向了羊群，又拉开了嗓子，把柔情的青海“花儿”送上了草原的上空。

草原向前伸展着，牧羊姑娘的歌声在上面荡漾着。多么辽阔的草原，多么迷人的草原呵！

沿着草原驶行，人的心情再舒畅不过了。

这时候，蓦然，草原的西北方向，浮现起一条拱形的光带，仿佛晴空里突然飞过来一道闪电似的。

旅伴们嚷叫起来了："青海湖，青海湖呀！"

那个腰里别着金色腰刀的藏族青年，快乐得扯下了黑礼帽扬着，又伸长脖子，出人意外地高喊起来："嘎——来来来——"他是在向青海湖致敬呵！

青海湖穿行在草原上，闪着碧绿的光彩。她微微地洋溢着，闪动着，好像草原上升起了一架碧绿的竖琴。那一个接一个的纤细的波纹，不是竖琴上的弦丝吗？她伴随着微风，又好像送过来了一阵抒情的动人心怀的乐曲。

卡车，你怎么跑得缓慢了？快些吧，快些送我们到青海湖边去吧。

当车子刚在大喇嘛河站停稳的时候，人们就跳了下来，不约而同地向青海湖跑去了。

我跑着，在野花丛生的草地上跑着。

我来到青海湖畔了。

刚才，远山眺望，青海湖是那样的轻波、细流，那样的温柔、多姿。现在，湖畔观望，她却鼓动着丰满的胸膛，以神异的力量，掀起了碧波大浪，排上天空，拍击着湖岸。她发出了激昂的歌声，好像有着无穷的热情，任性地向草原倾泻，向天空抛洒！

一群水鸭子飞过来了，它们仿佛是湖的宠儿，扑打着翅膀，嬉戏着浪花，亲着湖面，然后又在湖空翱翔。雄鹰，一只只雄鹰，它们伫立在湖畔岩石上，威严地凝视着什么。当人们在湖畔走过的时候，它们就扇起了大翅，从人们的头上掠过，然后又转动着威胁的眼睛，撅起钩形的尖嘴，在湖空盘旋。呵，雄鹰，多么森严的青海湖的守护者呵！

青海湖是高原上一个巨大的湖泊，驰名的湖泊，青海以她命名。千百年来，她被人们称颂着，是人们欢乐、理想、幸福和美的化身。我想起了《西宁府新志》的一些记述：人们称青海湖为“仙海”。据载：“海面有七百余里，为众水会归之所。故海岸东、西、南、北，皆有水泉。厥草丰美，宜畜牧，素号乐土。……”湖中央，有一座“海心山”，又称“龙驹岛”，据载：“每冬冰合后，以良牝马置此山，至来春收之，马皆有孕。所生得驹，号为龙种，必多骏异。……”又据载：“蒙古见海中有物，牛身豹首，白质黑文，毛杂赤、绿，跃浪腾波，迅如惊鹘。近岸见人，即潜入水中，不知何兽也？”多么神秘、美丽的记载。

这里盛产闻名的“青海冰鱼（湟鱼）”。每冬冰合后，渔民在冰湖上打洞穿孔，借着月亮星光，打起灯笼，燃起篝火，鱼儿就成群结队地游来，蹦跃地从洞孔跳上来，捉吧，捕吧，可多哩！人们说，“青海冰鱼（湟鱼）”在青藏高原和柴达木盆地，销路好极了。但是，自唐以来，青海湖曾经是封建统治阶级和吐蕃部族的争夺地，湖畔洒下了无数鲜血，埋下了无数白骨。伟大诗人杜甫写下了这样凄惨的诗句：“君不见，青海头，古来白骨无人收，新鬼烦冤旧鬼哭，天阴雨湿声啾啾。”

这时候，青海湖在高原上欢腾着。看看吧，青海湖脚立在草原上，扬头吻着蔚蓝的天，显出一种多么豪放美丽的风姿。她好像伸出了强大的手臂，一只手托起蓝天、白云、高山；一只手牵着草原和牛儿、马儿、羊儿。千百年来，在她的胸怀里，抚育了多少子孙后代，多少英雄儿女！草原多么葱绿，茂盛；牲灵多么繁荣，健美。青海湖，母亲般的青海湖呵！

我又回望着草原。两只牦牛窝着头，正在舞着犄角斗架。一只羊羔跪在母羊脚下，正在一拱一拱地吃奶。那个戴着毡帽的牧马小伙，骑着马，又弓起腰，勇猛地追赶着飞跑的马群。这个粗发辫的牧羊姑娘，她再次挥起鞭子，拉长了嗓子，唱起来了，好像她有着永远唱不完的歌似的。这是爱情的歌，还是赞美山湖的歌？随着她的歌声，那个小伙子拉住了马，白云低头了，鸟儿飞来了，山湖微笑了。

呵，生活是这样的豪迈，这样的美好，为什么不歌唱呢！

我歌唱高原上的山、湖、草原。

我歌唱高原上朴实、勤劳、强悍的人民。

让过路的旅客们，让开垦柴达木盆地的人们，从山、湖、草原汲取力量，更好地创造生活吧！

我不能再停留了。青海湖呵，前面，还有着更豪壮的生活等待着我。

我双手掬起湖水，饱尝了一口，向西行进了……

1957 年 8 月 17 日，茶卡

茶 卡 行

一

在柴达木盆地东南边缘，北依完颜通布山，南依旺尕秀山，有一个狭长美丽的盐海，终年闪烁着晶亮的光彩，浮游在大西北的青海高原上。

当我们从西宁出发，翻过了日月山，穿过了青海湖，再爬上橡皮山的时候，盐海就以一种惊人的光亮，迷惑了人的眼睛。前面旺尕秀山之下，哪里是什么盐海，简直像一只银色的大鹤，正在乘着夏日的晚霞飞行。白的海和山巅的白雪，和天上的白云，相连在一起，使人分辨不出是白雪从天空降落，还是白云在地面飘流。多么奇异的幻景，多么可爱的盐海！

“茶卡呀！”我身边一个蒙古族旅客，快乐地打起了呼哨。

茶卡，蒙古语即盐海之意。人们说柴达木是一个盐的海洋，我们刚一踏进柴达木的门槛，就看到了茶卡。茶卡出现在海拔三千多米以上，出现在荒僻的戈壁滩里，而且，又被誉为是祖国的池盐之库，就更使人向往了。

我们下了山，来到茶卡小镇。前两年，这里很荒凉，只有几间破土屋，现在有旅馆、食堂，人来人往，非常热闹，成了通往盆地的一个大站口。镇子北面，茫茫一片，看不出什么东西。可是，走上一阵，仿佛平地闪出一道电光，盐海出现了。许多排土屋子又似一群海鸥，停落在海边上。这就是茶卡盐场住地。

我们遇到盐场场长杨良云的时候，他正和职工们一起，在一排土屋背后，搬土块垒墙。他穿着麻袋似的蓝粗呢衣裳，满身粘着泥土，瘦削的脸颊上，刻着几道深深的皱纹，额头上掉落着汗珠。他拍打着手上的泥土，愉快地说："你们是来看我们的盐场吗？好极了。"

他顺手指着离住地不远处的两座小山说："你们看，那就是我们工人挖出来的盐！"

原来，这两座山是盐山呀！盐山又壮又尖，似两座金字塔，射着万道银光。通往盐山的大路上，一辆辆大卡车，滚滚而来，又滚滚而去。在盐山脚下，许多工人正在铲盐，装包，过秤，然后又把一袋袋盐，装进了大卡车里。人们是这样忙碌地运盐，可是，盐山依然稳如泰山，好似只动了它的一根毫毛。

"一天，拉盐的车不少，有四五十辆，就是拉不完！"杨场长站在盐山脚下，用手抓起一把盐说："茶卡的天然大青盐是出了名的，从海里捞出来就能吃。你尝尝看！"

我抓起一把盐，捧在手心看，盐粒洁白透亮，似颗颗宝石。拿一粒含在口里，味重纯正，还有一股香气。

他告诉我说，蒙古族兄弟发现茶卡，已有三百年历史了。乾隆二十八年，已定有盐律。这使我想起《西宁府新志》的记载："在县治西五百余里青海西南。……周围有二百数十里。盐系天成，取之无尽。蒙古用铣勺捞取，贩至市口贸易，郡民赖之。"因此，杨场长还说："茶卡是一个有悠久历史的盐海哩！"

同时，我发现，这位场长对盐有一种特别的感情。见了面，谈起盐，他始终是那么愉快、激动，脸颊上的皱纹也舒展了；而且谈得诚恳、亲切，带着一种军人的爽朗和果断的风度。

原来，这位盐场的领导者是一个老红军。四川苍溪人，四十七岁了。小时候，父亲当纸匠，母亲当仆人，他给老财放牛，端尿盆。1933年，他摔了尿盆，拿起矛杆子，斗了老财，参加了红四方面军。在万里长征中，有一个活跃的小传令兵，头上戴着长檐五角红星帽，穿着一件黑青布烂衣裳，身上背着一条夹被，一袋生米，腰里别着两颗手榴弹和打下土豪的一个细碗，肩膀上还挂着一支小马枪，在队伍里跑前跑后，传递着命令，这就是杨良云同志。小传令兵，很勇敢，翻雪山，过草地，白天一百二，晚上一百二，一点也不示弱。以后，他又被调到营部、团部、军部当传令兵，调到红二方面军通讯警卫连的时候，还给贺龙元帅担任过警卫工作。一次，打遭遇战，他右腿负了重伤，同志们劝他留在老乡家里，他怎么也不肯，流着泪，坚决地说："我能走，死也要跟着红军，跟着党走呀！"他从林子里折下两根树干拄着，一拐一拐地跟上来了。

杨良云就这样在千难万苦的行军中，在出生入死的斗争里，由一个放牛娃成了一个真正的红军战士，由一个小传令兵成了一个自觉的共产主义革命家。他跟着党走过来了，从暴风雨般的革命斗争中走过来了。

1950年，这位老红军被党派到茶卡来了。他放下自己熟悉的枪杆，又深深地爱上了盐。虽然，干盐这一行，是一个生手，不如在部队做政治工作，当指导员、教导员来得顺手。可是，他勤恳地承担了这一工作。而且，当他来的时候，茶卡是一个破烂摊子，正处在一个最艰难的时期。

从前，茶卡是由蒙古族茶卡旗、王家旗和柯柯旗分散经营的，一个旗一个口子。蒙古族牧民除放牧以外，就靠挖盐为生。但是，马步芳的父亲马麟老贼，看中了这个“聚宝盆”，竟然明目张胆地派盐巡队抢占了茶卡。各旗王爷畏于马匪残暴，敢怒不敢言。青海解放前夕，马匪又丧心病狂地捣毁了茶卡，把盐到处乱运，乱扔，摧毁了盐场房屋和一切设备。那时候，茶卡遍体鳞伤，奄奄一息，盐海在冬夜里哭泣，旺尕秀山在冬夜里披上了白发……

“我来了一看，盐场被破坏得不像样子了。房子，没有房子，吃饭，没有饭吃！”

显然，摆在这位老共产党人面前的工作是艰巨的。但是，杨良云带着三十多名干部和战士，在海滩搭起帐篷，住了下来。为了恢复茶卡，他们忍饥受饿，吃囫囵的煮青稞；找不到菜吃，喝盐海里的水。青稞加盐水，一直吃了一年多。茶卡偏僻，交通不便，1951年，他们才吃到一点大头菜，见到一点白面。1952年，才长时间地吃上了青稞面，可是，菜，还是吃不上。

有个管理员，他想改善大家的伙食，用布和茶叶，找蒙古族牧民换了一块野马肉。他把肉锁在破屋子里，每天吃一点，割一点，不准人乱动。可是，野马肉放的时间一长，臭了，不能吃了。这下，大家对他的意见可大啦，你一句，我一句，把他说得头都抬不起来了。

可是，在这位老红军看来，这些苦都算不得什么，比过草地撕树皮吃，烧皮带吃，强多了。记得，他曾经在老财家里捡了一双烂皮鞋，穿了一阵，过草地时也烧着吃了。他说："现在，总不要吃这些了吧！"

为了恢复茶卡，他们不只是吃得很糟，而且睡得也不安稳。时常，有土匪捣乱，不定哪天半夜，土匪就打起枪来，把他们包围上了。但是，就这样，他们一面修建房屋，恢复生产秩序；一面找王爷、头人和牧民，取得蒙古族兄弟的支援。在最困苦的日子里，这个被侮辱被丢弃的盐场活过来了。接着，买盐的兄弟民族来了，远处的，近处的，一来就是四五千马匹，一来就是四五千牦牛，驮着盐回去了。人民是多么需要茶卡啊！

茶卡在杨良云和职工们勤苦的努力下，不但医治了创伤，而且飞快地发展着。1953 年，就超过了敌伪时期最高年产量，而 1956 年又比 1953 年增长了三十五倍。近年来，经过勘察，茶卡盐层厚度一至八米，最厚达十六米，面积有一百二十五平方公里。初步计算，储量达五亿吨，可供我国六亿人口吃一百六十年。

"茶卡的盐是吃不完的！"杨场长微笑着说，"今年挖过的地方，明年又结上了新盐，怎么也吃不完呀！"

茶卡，真是一个取之不竭用之不尽的盐的海洋！

二

我们很想到盐海里去看看，海里是什么样子，工人们怎么在海里劳动呢？

这时候，盐场刘股长正要进海，他叫我们穿上了高筒胶靴，又倒了两大茶缸开水，说："喝吧，喝饱了好进海。海里气温高，走上一会儿，就渴得不行了！"

听了他的话，我们饱饱地喝了一肚子水，进海了。

我们是沿着伸展到盐海工地的一条轻便铁道走的。铁轨铺在盐盖上，一层清亮的盐水，淹过了轨道，静静地流着。在水浅的地方，我们把脚探进水里，踩着枕木走；在水深的地方，我们就得把两腿叉开，分踩在铁轨上，向前一步一步地移动。这样走路不是人按着自己的意思走，而是路控制人的行动，不小心，就会踩进海里。自然，这对刘股长是极平常的，走得很顺当，可是，我得紧盯着铁轨，笨拙地移动步子。他不时地回头看我，不住地说："小心呀！"真没法子！在他说话的时候，我稍微抬头看了一眼，一只脚便从铁轨上滑脱，扑通一声，掉进水里，脚跟碰上了疏松的盐层，一下子就把半截腿陷进去了。我猛一提腿，赶紧踩住了铁轨。一看，旁边就是一个叫做气眼的洞口，洞里水深发黑，要是掉进去就够受的了。

我的同伴问："怎么样？"

我静静地说："我看，把黄瓜放进去，拉出来就是最好的腌黄瓜吧？"

同伴笑着说："人也一样！"

每天，工人们也是从这条路上进海的。瞬间，我觉得铁轨发出了一阵吆吆的声音，接着，声音越来越大了。回头一看，一个工人推着一辆车子好像在平地上飞跑似的；眨眼间，已冲到我们跟前。车上装着一个铁皮做成的方桶，专门为工人送开水用的。我们闪过轨道，站在一片坚硬的盐盖上，他就继续向前跑去了。

这时候，站在盐海的中间，抬头望去，盐雾迷惑了人的视线。起初，进海的时候，眼睛只在脚下活动，唯恐踩空了脚，掉进海里；哪晓得，我们已处在一个光彩夺目的境界，早已沐浴在盐海的大气之中了。

四周，洁白洁白的。向东望，盐海没有边际，白蒙蒙的大气伸向天空，好像那边是腾云驾雾的地方，是通天的捷径。你看，白云伸出的手臂不已挽着盐海在高空飞行着吗？眼前，海水辉映着旺尕秀山和完言通布山，不知是山长在海里，还是海水在漫山漂流，给人以美妙的幻觉。我快乐得想喊起来！

我们大约走了有一个钟头，才到了盐场工地上。

搭眼一看，盐堆一条一条的，好像许多蛟龙似的，从东向西卧伏着。每条盐堆中间，都有一支小渠模样的坑道，坑道里的盐水泛着黑色的液浆。许多工人戴着草帽、墨镜，穿着套裤、胶靴，手里拿着盐耙、盐钻，好像全副武装的精壮武士，分布在一条条坑道旁边，正在和盐海决斗似的。

我看见，一个矮个子工人，抓着长把子盐耙，在坑道近处弓着身子，用力地向前推，把耙子推入水中，然后又倒退着，用力地把耙子拉回来。而站在坑边的一个黧黑面庞的工人，也抓着一根长把子盐勺，迅速地探入水中，等他把勺子扬起的时候，一颗颗白净的盐粒，就倒上了盐堆。接着，那个工人又把盐耙拉回来了。这个工人又把盐勺探入了水中……从东面到西面，挖盐工人就是这样协作地劳动着。当他们把一处盐打捞完了以后，又抓起盐钻，顺着坑道，冲击盐盖。盐盖一打开，又继续向前打捞了。那一条条盐堆，就是工人们一钻一耙一勺地积累起来的。

看得出来，这是一种艰苦的而又高尚的劳动。

盐海的太阳是暴烈的，炙人的。我进海的时候，身上一直出着滚烫的热汗，可以想见我们挖盐工人是怎样的情形，他们整天都在盐海里晒着，泡着。你看看他们每个人的脸面，哪一个不是黑红黑红的；你看看他们每个人的身上，哪一个的衣服没有被汗水湿透；再看看他们每个人的手吧，哪一个没有被盐水浸泡得起着厚厚的茧层，或者裂开了口子。然而，在盐场工地上，随着盐钻的冲击声，盐耙的拨动声和盐勺的打捞声，同时也飞扬着工人们快活的笑声、逗乐声和吆喝声。这里有微笑、诚实和勇敢，这里是我们挖盐工人们为祖国勤勤恳恳地创造财富的场地！

开饭了，推车的炊事员打开了水盖。

工人们放下了挖盐工具，每个人都提着一个布袋走了过来。布袋里装着茶缸和蒸馍，他们倒好了水，拿出了蒸馍，就圪蹴在盐盖上吃开了。蒸馍很大，我一问，十二两。工人们的午餐很简单，蒸馍加开水，上班的时候带着馍，吃饭的时候炊事员同志把开水运来就行了。盐场住地离工地远，运输不便，工人们乐意克服这种暂时的困难。一个工人说："只要有馍，有水，吃饱喝饱就行了。"他们一手拿馍，一手端水，一口馍，一口水，吃得又快又香。劳动以后的食欲是再好不过的了。

一个蹲在盐堆旁边的工人，他吃得特别快当，香甜，眨个眼，就把一个十二两的馍解决了。他长得年轻，英俊，说话很幽默，眼睛一眨一眨的，嘴不论在吃饭的时候，还是说话的时候，总是撅出来；平平常常的话由他嘴里说出来，都要逗得大伙笑起来。我问他："哪里人？"他鼓起嘴说："湟源。"人虽然年轻，但技术不错，产量也高，是盐场一个手脚利索的工人。

挖盐工人们多是青海人，也多是青年人。他们都很能吃苦耐劳，都渐渐地适应了盐海的气候和生活。在光亮的盐海中，和挖盐工人们在一起，你会感到劳动这个字眼的高贵意义。世界上有各种各样的劳动，每种劳动都有自己特殊的地方。在茶卡，挖盐工人是在盐海大气的袭击下劳动的，是在盐水的浸蚀下劳动的。但是，挖盐工人们却带着特有的自豪，他们从来没有像今天这样热爱自己的生活，和感到自己劳动的价值。挖盐工人们把盐贡献给人类，把盐送给每个家庭、主妇和孩子们，以丰富人的生活、智慧和理想。

一个年纪大些的工人，摸了一下胡子说："我们挖出来的每颗盐粒里，都含有社会主义，你信吗？"

我信，我坚决相信，握起他的粗壮的双手，望着他的黑红的笑脸，我被他的话深深地感动了。

这时候，盐场的生产队长谈柏棠走了过来。

这是一个蒙古族兄弟，长得高大，结实，满脸黝黑黝黑的，穿着一件蓝方格衬衣。他身上最突出的是一副圆筒皮尺，别在腰带上，手不时地摸揣着；自然，这是生产队长量盐堆和计算产量不可缺少的工具。他眯笑着，端过来一茶缸水说："喝吧。"他仍然保持着蒙古族兄弟的礼节，见了客人，先请喝茶，然后蹲下来拉话。

这位蒙古族兄弟是一个雇农的儿子，青海湟源人，四十一岁了。和杨场长的童年相似，家里没有房，没有地，九岁上就给地主老爷放牛，放羊。少年的谈柏棠，在饥苦生活的逼迫下，当兵，放牧，总也吃不饱，穿不暖，东去被压榨，西来受惊惶，始终没有一条出路。

"青海解放了，才有了我们少数民族的活路。"谈柏棠非常感慨地说，“拿我个人说，共产党比父亲还亲。一解放，党就送我上兰州学习。出来了，就叫我到盐场当翻译，以后又叫我做司秤员，又做场产员，生产队长……比过去，我现在穿新，盖新，每月还能给岳父汇上些钱。你不是看见我骑着一辆自行车吗？永久牌，去年买的，一出海，我就骑着它回家！”

他说着这些话的时候，黝黑的脸上掠过一阵爽朗的笑容，眼睛明亮而快乐。

他还给我们谈到挖盐的一些技术，怎么打盐盖、挖坑要多深多宽呀，怎么拿耙子、拿勺子和整盐堆呀，等等。一个受剥削受践踏的牧人，当他的心灵一得到解放，就变得多么聪慧，精明。一个普通的穷苦的蒙古族兄弟，在党和盐场领导者的培养下，只有三四年，就成了盐场基层工作中的骨干。

他说的许多话，在我们生活中都是一些极平常的话，极普通的道理，可是，由一个蒙古族兄弟的嘴里说出来，就特别动听。他还给我谈起了挖盐工人过去的生活。

马匪统治盐场的时候，只管官家发财，不管工人死活，谁愿意当盐工呢？人只要有办法，都不会进盐场。那时候，工人住在破帐篷里，每天，吃不上，睡不好，太阳没出来，就用鞭子赶着进海；太阳落山了，还不准出海。不管天阴下雨，不管炎夏寒冬，都要挖盐，而且都是光着脚进海的呀！盐工的手脚蚀烂了，冻坏了，有谁管呢？冬天，难以挖盐，马匪逼着盐工用羊粪围着烧，冰层化了，又逼着挖。盐工实在受不了，一出海，又被马匪用石头硬打了回去！

一次，太阳落了，天快黑了，盐工出海了。可是，碰见一个马匪巡兵，他怒冲冲地走了过来，骂盐工出海太早。一个老盐工，跑上前去，跪在匪兵面前，拉起匪兵的手，苦苦祷告，没想到，匪兵翻了脸，嫌老盐工的手抓过羊粪，玷污了他的手，就抡起棍子，狠打了一顿。老盐工一回家，就死去了……

“今天”，这位蒙古族兄弟放大声说：“党对工人关心极了。比方说，挖盐工人的手，容易裂口子，就给一人发了一块擦手布。脚容易烂，就给一人发了一块擦脚布。生产好了，有条件，又给一人发了一双套鞋；又发了高筒胶靴。盐海光强伤眼，一人又发了顶草帽，配了一副墨镜。盐海下雨没地方避，一人又发了一块油布；为了挖盐安全，盐坑边放上了踏板。在最困难的情况下，还给工人盖了房子、澡堂。怕工人睡着冷，又准备了草包子……

“同志，你不要看这都是些不要紧的事，过去，什么也没有，连一块擦脚布一块油布也没有呀！”

谈柏棠真切地说着这一切，显得非常激动。

盐工们听着我们的谈话，年长的盐工还带着一种沉思的样子。接着，他们吃完了饭，把缸子装进布袋，拿起盐钻、盐耙和盐勺，开始捞盐了。于是，盐海又掀起了拨动声、洗捞声和工人们的谈笑声、吆喝声。

我离开了盐场工地，向回走着。

太阳辞别了盐海，从旺尕秀山之巅，把金光铺向了盐海，多好呵！

我回头眺望着工地，挖盐工人们弓着腰，正在一上一下地捞盐，好像竞相开放的花朵似的。他们的劳动，每一钻，每一勺，都给我的心灵以很大震动。在这里，不正是由于挖盐工人们的劳动，才使茶卡的一条条盐山加高的吗？吃着远近闻名的茶卡大青盐的人们，可曾晓得挖盐工人们是怎样劳动着的吗！

不久，茶卡就要扩建成为一座机械化的大盐场，那时，一台联合采盐机，一昼夜就可以开采五百吨盐呢。茶卡，这个池盐之库，不是也为发展工农业用盐和兴建大碱厂储备着良好的条件吗？

我想到了这里，兴奋极了。我觉得盐海更洁白了，更美丽了。我为茶卡的今天和明天振奋，为劳动在茶卡的人们感到快乐。天边的晚霞也晓得这些吗？它为什么要那么亲昵地望着茶卡，把霞光披在我们的挖盐工人的身上呢！

1957 年 8 月 19 日，茶卡

戈壁夜行车

我结束了茶卡的访问，准备动身到格尔木去。

可是，到茶卡运输站，连问了四五次，都没有车。一个共青团员售票员，倒很同情我，出了个主意："你站在路口挡车吧，也许能碰上有空位的车，把你捎去！"

这个主意出得好。于是，我就站在茶卡路口，见车就喊，就挡，就招手。可是，从早到晚，没有碰到一辆有空位的车。你说来往的车子少吗？不，我估摸一算，从东到西，从西向东，一天，最少有三百辆车驶过。一队一队的车辆，不是拉着钻探器材、木料，就是拉着面粉、罐头、蔬菜……它们都负载很重，哪一辆能有空位捎人呢？你说司机们不帮忙吧，不，当你招手挡车的时候，看见司机那种抱歉的笑容和给你诉说无法捎你的那种为难的神情，会给你留下一种说不出的亲切感觉。虽然，我没有挡着车，心里焦急，却一点也不埋怨，反而极其感动地望着眼前驶过的车辆。当我第一次进盆地的时候，哪里看得见这么多车辆！那时候，甚至连一条像样的运输线路也没有呢！即使从这一点上，我们不也可以倾听到柴达木建设的步伐吗？

第二天，我终于挡住一辆车，起程了。

这辆车的司机，名叫张明亮，长得细长黑瘦，有一对锐利的大眼。当他率领的车队驶过来的时候，我一招手，他刹住车，从窗口探出头来，圆睁两只大眼，盯着我，我还以为他要发脾气哩。谁知他没说二话，把头一摆，助手小徐就把我拖上驾驶室了。从外表上看，他冷淡寡言，其实是个热心肠。他曾经在人民志愿军，驾驶着载重卡车运输弹药粮草。现在，他驾驶着载重卡车，率领着一个车队，奔驶在青藏高原上。他仍然穿着一件黄军装单衣，可是已被机油涂得乌黑了。

“你喝水吧。”他仍掌握着方向盘，眼注视着前方。

“天真热呀！”助手小徐递给我半杯水，用手理了理蓬乱的头发，悄声说：“我师傅不说多余话。可他是这！”他诡秘地伸出大拇指头，在我眼前晃了晃。“我跟着他，到西藏，去盆地，翻冰山，过沙漠，吃尽了苦。可跟着他，吃苦也心乐！”

“加水！”张师傅喊了一声。小徐双手伸出窗外，抓住皮管，加水了。他加完水，又调皮地对我说：“你第一次来盆地吧？好好看看，只要不怕苦，啥玩意都能见识，金、银、铜、铁、锡，还有狼、虫、虎、豹！你说怪不怪，明明是困死人的荒滩，谁能料到地底下流油！”

我们经过了戈壁小镇夏日哈，黄昏的时候到了海西蒙古族藏族哈萨克族自治州首府——察汗乌苏。张师傅安顿车队司机们吃了饭，又跳上车，抓住方向盘说：“我们是给野外勘探人员送面粉的，要连夜赶路！”

车队向驼驼山冲去了。小徐说，这里的山是一驼一驼的，所以叫驼驼山，也叫驼峰山。我们爬上山顶，看见一个一个沙山，真像一群骆驼卧伏在这里似的。山上，不长草，很荒僻，间或只能看见几个哈萨克猎人，穿着长靴，背着枪，挂着腰刀，骑马从山中拐出来，朝察汗乌苏奔去了。

当我们一出驼驼山，天就渐渐黑了。眼前，是一望无际的大戈壁，罩着一层灰蒙蒙的雾气。黄色的风柱在沙滩里滚动着，一群野马受惊似的向祁连山里窜去。或者，因为夜的来临，整个天地失去了光彩，显得空旷、阴冷而又凄凉。

夜，越来越深了。大戈壁的面孔，越来越黑，越显得恐怖了。我们的车子，仿佛在一片墨黑的海里漂行着似的。

这时候，我侧头望着张师傅，他挺着腰杆，却显得更加英武，两只大眼闪着晶亮的光。小徐呢？他蜷曲在我的身旁，垂着头，打起鼾来了。

“小徐，没有睡着吧？”张师傅问。

“没有！”小徐猛然抬起头，习惯地伸出手，抓起皮管，给车加水。随即，揉了揉眼，又悄声对我说：“跟他当助手，你就别想打盹！”

“嘿嘿，只要不误事，打个盹可以嘛！”张师傅微微一笑，又接着说：“我这人，不知咋的，晚上行车，精神就来了。大概是在朝鲜养成的习惯，给前线送弹药，一连几夜，不眨一眼。……现在，给柴达木野外人员送吃喝，我心里却觉得是在送弹药！……你一定知道，野外人员生活苦，比我们开车的苦多啦，时常发生断口粮的事。我一听说哪里断了口粮，心里就寒咝咝的。”

“噢，我想起来了。”小徐靠了靠我，说：“上月 18 号，半夜，我们给钻井队运钻杆，任务很紧，没想到在沙漠里抛了锚，出了个小毛病。他一急呀，眼泪都流出来了！”

“胡说！”张师傅训斥道：“我哪能像你，一个毛头孩子，动不动就哭！”

“你没哭，没哭，就是眼圈红了！”

“不要胡说了。”张师傅又对我说：“你不知道，当司机的人，最主要的要有一个责任心。这和上前线打仗一样，今天要拿这个碉堡，就非拿下来不可！不然，就破坏了整个战役计划。……在柴达木当一个司机，要勇敢，要机智，要能挨得了饿，受得了冻，吃得了苦。不然，就趁早……”

这位师傅不停地说着。白天，很难听得他说一句话，我还以为他是一个寡言的人。黑夜，在这大戈壁的黑夜里，他的话好像说不完。而且，你听听，他说得多么好，又多么动人！从他的话里，你能看见一颗热烈的司机的心！

在柴达木盆地，谁要当一名司机，就要经得起风险，就要有勇往直前的精神。这里，司机们时常是顶着暴风走的，是在险路上走的，受冻受饿是常有的事。这里，流传着司机们因车子抛锚困守在荒无人烟的戈壁，如何和寒冷、饥饿展开斗争的故事；也流传着司机们为了完成紧急的运输任务，如何穿过险路、冲破困难的英雄事迹。因此，有许多勘探者曾给我说：“谈起柴达木的英雄来，不要忘记司机！”

这时候，我望着张明亮和小徐，他俩不就是英雄吗？他们驾驶的这辆吉斯车，车挡前横写着“八万公里”的红色大字，这表示他们已安全使行了八万公里。这八万公里是一个光荣的数字，他们不知道经历了多少风险，多少困苦，才赢得这个数字的呵！

夜，更深了。寒风，嚎叫着。

在大戈壁的深夜里，只有两只车灯闪动着。我觉得，两只车灯好像张明亮的那两只晶亮的大眼。是的，车灯是司机的眼睛。司机的眼睛探索着戈壁之夜，划破了黑暗，奔向了黎明！

1957年8月23日，格尔木

青藏路上剪影

不平凡的事业是平凡的人创造的。

——修筑青藏公路口号

在格尔木的日子里，我怀着极其兴奋的心情，听到了许多修筑青藏公路的故事。我拜访了青藏公路管理局长、筑路总指挥之一慕生忠将军。

这位披着银灰色头发的将军，谈话激情，动人。他不时地站起来，高声说着，挥着手，好像在做一个重要决定，下一道命令似的。他说：“这里，个人英雄是不多的，主要是集体英雄。事，是大家办的；路，是大家修起来的！”他的话满含着深情。而且，他说的许多话，都像诗一样，引人神往。虽然，将军已年迈了，头发灰白了，脸上堆满了皱纹，身上还有敌人枪弹打下的十多处伤疤。但是，你不会觉得他是苍老的。你在他身上会感到一个红军老战士的气质，会感到他的胸膛里有一股火热的洪流在泛滥着，奔流着。

1953 年秋天，慕将军和同志们接受了组织西藏运输总队的任务，率领着一万七千峰骆驼出发了。可是，通往西藏的路是艰难的，骆驼伤亡很大，而且只凭骆驼运输也不行呀。于是，为了完成运输任务，就要修路。这年冬天，他们又从西宁到格尔木来了。起初，只有一百四十多人，大多数都是驼工。以后，陆续增加了一些人，总共十九个干部，一千二百多个工人，就承担起艰巨的青藏筑路工程了。

当时，正是青藏高原的高寒季节，慕将军和筑路员工们，忍受着割骨的寒风，在冰天雪地里，见山就爬，见石就查，向前探路。沉寂了千万年的荒山野谷，探路有多么艰难！加上缺少筑路工程技术人员，工作就显得格外艰难了。但是，路是非修不可的。慕将军给两批探路的人说："前进！哪怕前进一尺，也叫前进，一定要探出一条路来！"两批探路的人，以大无畏的气概，跨过了险峻的昆仑山，爬上了海拔五千多米的唐古拉山，不知穿过了多少雪线，渡过了多少冰河，经过了四个多月的鏖战，终于探出一条线路来了。

慕将军说："我们在探路中，对高原也得出了一些初步认识：一是山越高越平——我们祖先很聪明，不叫青藏高山，却叫青藏高原。二是水越到上游越小——青藏公路就走的是上游。三是高原没有淤泥地，多是沙土石子。四是没有雪封山的现象，雪线以上雪小……我们研究山，研究水，研究草原。研究清楚了，就可以下决心，就可以战胜它了！"

于是，1954 年 5 月 11 日，青藏公路动工了。慕将军在筑路员工大会上，发出了战斗号召，他说："我们的南边矗立着雪山，旁边是清清的河水。经常袭击我们的是西北风，摆在我们面前的任务是战胜高山河流。不要看我们是一些平凡的人，不平凡的事业是由平凡的人创造出来的！我们要在世界屋脊上开辟一条平坦的道路！在最苦的环境，用最低的成本和最快的速度，打破人间筑路工程记录！”

筑路员工们，和大自然展开了史无前例的搏斗。他们走入千古无人烟的荒山，走入狼虫虎豹出没的深谷。他们攀登祁连山、昆仑山，爬上了冈底斯山和唐古拉山的顶峰。他们忍受着严寒，酷热！忍受着蚊、蜢的叮咬，风暴的袭击，在沙漠和戈壁里斗争着。为了修通青藏一条路，筑路员工们进行着巨大而又艰辛的劳动！每天，每人只吃一点大头菜，一点咸盐和干馍。就这样，每天，从天亮到天黑，从天黑到天亮，员工们夜以继日地干着。这里的筑路工程，是以一分一秒计算的。各工程队在安排筑路日程的时候，把走路、安锅和吃饭的时间，都计算在内了。时间决定一切，一切为了争取时间。因此，工程总是提前一倍两倍完成。工人们知道自己在做着什么，没有怨言，齐心向前，干劲冲天。正像一个工程队长说的：“修路的时候，不论干部、工人，大家都拧成一股劲，领导指向哪里，路就修到哪里；说啥时候修好，就一定能修好！”

一个工程队在修纳赤台前面一段路的时候，为了架设河桥和改移河道，伤透了脑筋。他们没有架桥材料，也不懂截流方法。但是，员工们齐心协力，苦思苦战，终于想出一个方法，利用荒滩红柳编成筐子，装满石头，截住了河流，改移了河道，同时把桥也搭起来了。而且，还提前半个月完成了任务。在四千九百多米的风火山上，员工们扛石头，挖渗坑，铺砂石，排水，不分昼夜，艰苦奋战。一个月，修路一百公里。筑路员工们一天不是八小时工作，而是十二小时、十四小时地干着。

一个工程队长有趣地说："我们队规定，每天6时起床上工，可是，时常，工人们半夜两三点钟就起来干了。一次，一位医生半夜来了，走进住地，黑洞洞，看不见一个人，只听见满山镢头声，心里吃了一惊。他跑进帐房喊我，我也睡迷糊了，起来到各小队帐房一看，人不见了，工具也不见了。我赶忙摸着黑爬上山，喊住一个小队长，批评了一顿，命令他们马上收工。可是，小队长说：'我也是工人们叫起来的，你叫别的小队收工，我们就跟着收工。'我到前面小队去，也是一样的话。原来，他们在互相竞赛哩。等我东跑西跑，喊来喊去，天亮了。"

在荒山野谷中，运输不便，筑路员工们的生活很苦。每天，每人除了分到一点咸菜以外，吃不到新鲜的肉和菜，许多工人两腿发黑，患了坏血病。以后，从格尔木运来一些小萝卜，一人分上一两个吃。当他们修到五道梁的时候，发现了"天然肉库"——这里野牛野羊成群，打起来很容易，这才算吃上了新鲜肉，治好了坏血病。但是，在空气稀薄的高原上修路，人还不能吃得太饱，不然会有生命危险。筑路员工们在高原上摸索出三条生活经验：第一，吃饭不要吃饱；第二，睡觉头要枕高；第三，觉得身子不舒服不要躺下，转悠转悠就好了。

夜晚，筑路员工们，修到哪憩到哪，有时在雪岭上，有时窝在荒谷里。昆仑山，狼多，从山上看，狼眼闪着绿光，好似一片灯火。起初，有的人不知道，还以为山上有人家，走上前去，一看，嘿，一群狼呀！为此，慕将军还写了一首诗哩：

月夜渡昆仑，
风吹雪转移；
野狼双眼照，
疑似有人烟。

筑路生活是艰苦的。这里，在筑路过程中，干部和工人一样，参加劳动，毫不例外。这里，检验一个干部，不只是听你的汇报，而首先是看你的手，起茧了吗，磨烂了吗？你是否和工人一起生活了，劳动了？每个干部也把参加劳动，和工人一起生活，看作是自己的本分，是做好工作的基础。慕将军说：“这么大的筑路工程，不依靠群众怎么行？依靠群众，群众自己也会做工作的。”

慕将军在筑路过程中，经常不带行李，不带干粮，走到哪，就和工人一起睡，一起吃；不是跑前跑后地查看线路，就是和工人们一起干活。虽然，他年纪大，身体不好，工人们劝他休息，他还是非干不可。他在修天涯桥工程的时候，一次还背过一百斤石头。在海拔五千四百多米的唐古拉山上，他和工人们一起开山，连续打钢钎达四十下，虽然和工人们连续打二百下、六百下比较，还相差很远，可是对一个老年人来说，已经尽了九牛二虎之力了。有时候，大家为了照顾他的身体，收工吃饭的时候，特意给他炒一盘鸡蛋，或一盘青菜。可是，他吃完饭，走了，菜还原盘摆在桌子上。就在前些天，套套河发了洪水，冲垮了河堤，阻碍了运输，他还亲自跑到现场，跳进雪水河里，指挥工人抢修。蹚过雪水河的人，就知道那种刺骨钻心的冰疼滋味。他站在雪水河里，泡了六七个钟头，等走上来的时候，两腿已完全麻木了。这两天，他不得不听医生的话，吃药打针，因为两腿没有复原，还一直发凉、发酸，晚上，睡不好觉。

他时常说："共产党员嘛，就应该这样！"

他总是精力充沛的，乐观愉快的。在开辟青藏公路中，他和工人们还给许多荒无人烟的地方，取了许多饶有风趣的名字。"地图上没有的地方，我们走过了就得起个名字呀！"什么五道梁（山梁多，野牛野羊多，又称"天然肉库"），风火山（山上有大风，有煤矿。将军有诗："风火山上高峰，汽车轮儿漫滚；今日镢铣在手，开辟世界屋顶。"），套套河（小河繁多）；高原温泉（可供沐浴），开水泉（可以煮肉），开心岭（满目山海，看上去要翻山，其实走上去平平坦坦。将军有诗："找路入深谷，疑似又穿云；平坦直穿过，取名开心岭。"），等等。将军还特意写了这样一首诗：

这不是生活奇迹，
而是中国筑路工人没有克服不了的困难——
补给不足，
五道梁上找到了天然肉库。
燃料缺乏，
风火山下开出了露天煤矿。
狩猎在开心岭上，
钓鱼在套套河边。
疲乏时高原温泉去沐浴，
饥饿时开水泉上煮鲜肉。
不能说高原生活多艰苦，

而是说锻炼意志好时机。

我们的口号是：

哪里有生物的地方，

哪里就可以生存，劳动！

这首诗使我们感到了筑路生活的艰苦，更使我们感到了一种战斗的乐观的精神。

这种精神也体现在筑路员工们的生活中。

1954年8月，邓工程师和一些人，在前面开路定线。他们每隔五十米，用石头垒一个堆，后面的工程队就按着石堆标出的方向修路。当邓工程师几个人攀登到唐古拉山的时候，天下雨了，一下就是三四天。在空气稀薄的高山，他们淋着雨，捡不到牛粪，生不成火，做不成饭，怎么办呢？高山，有终年不消的积雪，他们就抓起雪拌炒面吃。可是，老吃雪拌炒面，喝不到一口热水，人能受得了吗？一个炊事员，他看见邓工程师和同志们太辛苦，自己心焦，干急没有法子。后来，他把装醋的木桶砍了当柴烧，小心地点着火，烧了一小锅水，拌了些面进去，这才给每个人分着喝了一小碗面糊汤。

一天，很晚了。邓工程师几个人受饥受寒，做完了工作，累得走不下山来，眼看着帐房，走不动，就只得躺在山上过夜。大家劝工程师说：“山上不能睡，鼓劲往回走吧！”他说：“我实在走不动了！”可是，当他们突然发现帐房有了灯火的时候，就又鼓起劲摸回了帐房。炊事员又为他们烧了一碗面糊汤。对于受饥受寒的人，再没有比一碗面糊汤更温暖的了。

在黑河以北，邓工程师和同志们，走到半路上，粮食吃光了。他们想法子，大家凑钱，向藏族牧民买了两只羊吃。炊事员觉得羊肝和羊心好，就专意煮得美美的，准备叫大家明天出工时带上，中午饿了再吃。可是，谁晓得，半夜，羊肝羊心被狗偷吃了，惹得大家哭笑不得。炊事员的一片好心落空了。也是在黑河以北，每天工作完以后，大家就睡在野狼野熊出没的荒沟。为了避免野兽的侵袭，他们就把三个驮行李的骆驼拴在一起，围一个圈，人就睡在骆驼中间。夜里，天冷，他们为了取暖，就紧偎在骆驼身上，有的人就枕在骆驼腿上，睡了。可是，骆驼也知道累呀，半夜，醒了，一蹬腿，把人踢到了半空中。人也累呀，虽然被骆驼踢了，可是仍然在朦胧中，又慢慢偎在骆驼腿上睡了。骆驼又醒了，一蹬腿，人又被踢到了半空中。

修筑青藏公路的员工们，从 1954 年 5 月 11 日到 12 月 15 号为止，仅仅经过了七个月零四天的时间，就把青藏公路修通了。远征的车群奔向了拉萨，在布达拉宫面前出现了。筑路员工们实现了人民的理想，在青藏高原上开辟了一条平坦的大道。筑路员工们实现了自己的口号，他们在最苦的环境，用最低的成本和最快的速度（还应该加一句：最少的人），创造了世界筑路工程记录。

慕将军在拉萨写的一首诗，很能表现修筑青藏公路员工们的斗争魄力。

打破人间神秘，
戳穿探险家的胡言乱语！
开辟布尔汉布，

战到天涯桥边！
工作在空气稀薄的高原，
劳动在冰雪交加的雪线！
劈开昆仑山，
战胜唐古拉！
踏破千里雪，
走尽长江水！
通过怒江上游的黑河，
炸开冈底斯山的石峡！

对于这条犹如蛟龙般飞腾在青藏高原上的公路，对于这条给青藏人民带来幸福和理想的公路，尤其是对于这些可尊敬的在青藏高原上洒下了无数血汗的筑路员工们，我们还应该说些什么呢？这是一些平凡的人，也是一些不平凡的人。今天，他们创造了青藏公路，明天，他们将会创造出更辉煌的事业。他们的英雄事迹，应该大书特书。虽然，我只写了一点，太少了。但是，我心里满怀着尊敬！

1957 年 9 月 1 日，大柴旦

格尔木纪事

为了在戈壁滩求得生存，
而且要长期生存下去，
就需要创造。
——建设格尔木口号

做格尔木第一代祖先

1953年12月，当青藏高原最寒冷的时候，青藏公路总指挥之一慕生忠将军率领着四十多个干部和工人，从西宁出发了。他们带着铺盖、干饼、青稞面，拉着冰块和羊皮风箱，经过四天四夜的跋涉，来到了格尔木河畔。

眼前，矗立着峻峭的昆仑山，山下是荒芜的大戈壁滩。一堆一堆的沙丘，一棵一棵的野生白刺，这不是野兽出没的地方吗？四周，没有一户人家。白天，是漫天的狂风。夜晚，野狼嗥叫着，狗熊骄横地在河畔漫步。荒凉、严寒和恐怖，笼罩着大地。来到这样的地方，那些胆小的人，就钻在被窝里流泪，在沙丘面前哭泣。“我们到了什么鬼地方了呀，还能不能回去呀？在这样的地方，人能活下去吗？”

慕将军摇着灰白的头发，精神勃勃地对大家说：“党给我们的任务是艰巨的，要修通青藏公路，又要运输，又要安家种地，建设格尔木。在党的领导下，我们有着旺盛的志气。在辽阔的戈壁滩上，在荒无人烟的地方，我们要求得生存，而且要长期生存下去，就需要创造！我们要在柴达木建立一座美丽的花园！”

于是，从这时候起，昆仑山下出现了六个白色帐房，一间伙房。慕将军和四十多个人，就在格尔木河畔住了下来。

格尔木，蒙古语译意是“河流密集的地方”。虽然，在地图上有一条格尔木河，河畔有个格尔木；可是，格尔木到底在哪个地方呢，谁也说不上来。也许，久远以前，蒙古族同胞路过格尔木河，在河畔住过，取了这个名字走了。可是，至今，没有人能说出格尔木的真实所在。因此，当人们问起慕将军的时候，他就说：“既然没有人知道这个地方，那么，我们住在格尔木河畔，这里就是格尔木！”

于是，从这时候起，就开始建设格尔木了。一切，都是白手起家；一切，都得从头来。在干渴而又荒僻的戈壁滩上，要建立生活是多么不容易呵。但是，为了求得生存，人们以气盖山河的魄力，和大自然宣战了。

慕将军和工人们，抡起铁锹和十字镐，把格尔木河水引入了住地。抡起铁锹和十字镐，开垦着戈壁沙滩。他们在盐碱地里，试种了白菜、萝卜、洋芋、蒜。用荒滩的红柳和泥沙，盖起了一间间土屋。严寒酷热，受苦受饿和狼虫虎豹，都吓不倒他们。六月，格尔木的蚊子、牛虻和蠓子成群，这些恶东西，咬了骆驼，骆驼身上就流血，更不要说人了。因此，在这里生活，还要学会和蚊子斗争。许多人出外解手的时候，都先挖一堆土，准备随时用土赶走蚊子。慕将军说："蚊子最多的时候，我出外就顶着小蚊帐护住全身。"关于蚊子，他还有两句打油诗哩：

蚊成群，阻住了视线，

蚊飞鸣，混乱了耳闻……

可见蚊虫多么猖狂了。

人们既然要在这里生活，一切的艰难困苦就算不得什么了。

格尔木成为修筑青藏公路的总指挥部，一天天发展起来了。人们为了美化环境，栽植了十万多棵白杨树。现在，树苗长得比人都高了，野兔已在白杨林里做游戏了。人们修了四五条马路，路旁都栽了柳树，新建的招待所，周围柳树成林，慕将军给起了个名字叫："望柳庄"。现在，庄里的柳树，见了客人，已会点头微笑了。这里，即使野生的芦苇，也被人们精心培育着，因为这里绿色的东西太少了。

三年多来，人们为了征服戈壁，已开了四百多亩荒滩。小麦虽然还没有外地长得好，但已是葱绿一片了。现在，人们已吃着自己种的葱、蒜、菠菜、白菜、萝卜、芹菜、韭菜、土豆、莴笋和西红柿，吃着自己种的瓜、自己磨的豆腐和自己放牧的牛羊。菜园会计对我说："菜，生产不多，有些还在试种，等试种成功，就可以大量生产了，价目也可以降低了。比方，去年一斤蒜苗五毛，今年三毛，一斤白菜四毛，今年就成八分了……”这一切都是生活所需要的，所以，就在历来被人认为寸草不生的地方，把所需要的都大胆地种起来。人们在改造着盐碱地，和土地进行着斗争，向土地要吃的、穿的，要所需要的一切。

为了生存，而且要生存得好，为了完成修筑青藏公路任务、运输任务，和在戈壁滩上建立起新型的城市，青藏公路管理局的职工们，付出了巨大的劳动。他们就地取材，自力更生。你不要看柴达木盆地是一片荒凉，可是，到处是宝。山是宝山，地是宝地呵！人们就利用这里的一切资源，开办起了许多小型工厂。

在藏北有条班戈湖，是世界闻名的硼砂湖，六十多公里宽，一眼望不到头。那为什么不开采呢？于是，人们就在青藏公路的纳赤台，建立起了硼砂厂，现在已有四百多名工人进行生产。同时，人们还正在纳赤台兴建一个瓷厂。慕将军说：“人要生存，离开瓷器怎么行呢！”那么，就动手学着烧制盆盆罐罐、茶缸饭碗和花瓶花盆吧。格尔木以北，还有着柴达木最大的察尔汗盐湖，那里的盐，随便挖出来，就可以吃。那么，为什么还要去盆地外面买盐吃呢？于是，一个盐场又建立起来了。昆仑山下，有许多肥美的草原，可供放牧，于是，香日德、花海子、五道梁和套套河等八个牧场出现了。我碰见了这里的一个生产科长，他说：“目前，我们已有牛一千多头，羊四千多只，半年，又生下了一百多只羊羔……”

有一次，慕将军和一个站长，为了改一段线路，爬到唐古拉山四千米的地方，走累了，躺下来。突然，发现一块明光明光的石头，拿起来一看，沉甸甸的。他们不知道是什么东西，就用手巾包起带了回来。一问附近的地质人员，说是铁矿石；经过进一步勘察，证实唐古拉山五千米以上有铁矿。既然发现了铁矿，为什么不动手干呢？于是，又办起了一个铁厂。现在，已有三十多个人上山炼铁了。虽然，他们都不懂炼铁技术，但是，他们干中学，学中干，愈钻愈深，不断前进。现在已开始试炼了。

随着工作和生活的需要，汽车大修厂、煤场、砖瓦厂、皮革厂、木场和农场也逐步建立起来了。当你知道了这一些情况以后，作何感想呢？你会觉得，柴达木的宝贝真多，战斗在柴达木的人胃口也真大。他们办了一个厂子，又一个厂子。今后，厂子还会扩大，而且还要出现更多的厂子。生活在柴达木的人是有雄心的。这个雄心就是要在柴达木创建社会，创建城市。因为，千万年来，柴达木既没有人烟，也没有社会，也没有城市呵！

然而，你来看看吧，今天的柴达木，已不是昨天的柴达木。今天的格尔木，也不是昨天的格尔木了。荒凉，已经消失了。昆仑山下，仿佛神话一般，出现了人烟，出现了花朵，出现了一座崭新的、雄壮的而又美丽的城市。

当你来到昆仑山下，穿过一片湿润的草地，走过一片绿色的麦田，进入格尔木市区的时候，出现在大马路两旁的是成排成排的白杨、柳树；成排成排的平屋、厂房；什么百货公司、新华书店和邮电所；什么学校、花园和运动场，等等。一座城市所具有的一切，这里都有了。这里充满了欢乐，充满了大建设的雄伟气魄。

你还可以看到，在市区十字路口，插有两个大木牌，一个上写：“格尔木，海拔二七八〇米”，一个上写：“西宁八六〇公里—茫崖三五八公里—安西六九〇公里—拉萨一二一七公里”。这是人们战胜自然和创造生活的标志，是人们用血汗和战斗换来的标志。青藏公路管理局的职工们，在创建了奇迹般的青藏公路的同时，也创建了格尔木——这座戈壁滩的城市。格尔木东通青海省会，南入西藏拉萨，西通柴达木石油基地，北望甘肃河西走廊，成为青藏高原上一个交通要地了。

生活在格尔木的人，从来不掩饰自己对格尔木的感情，他们的言谈是自豪的。一个青年砖瓦工，笑眯眯地对我说："我们的格尔木一天一个样，今天搭竹竿架子，明天就出现了工厂！……隔上个把月，嗨，你再来，就不认得路了！"慕将军也非常动情地说："主要是人呵！有了人，就有了一切，就可以创造，就可以自给自足！我们是喜欢城市的，但我们更喜欢自己创造的城市。我们要建设格尔木，要做格尔木的第一代祖先！"

这话说得多么豪迈！是的，千万年来，这里无人烟；今天，有了人，而且要长期安家乐业，他们不就是第一代祖先吗？第一代祖先们为了创建格尔木，付出了珍贵的劳动，还将要付出更珍贵的劳动。他们在柴达木做了一些非常好的事业，还将会做出更多更好的事业来的！

土屋里的保养厂

格尔木出现了许多厂子，它们都是怎么建立起来的呢？

我特意去看了汽车保养厂。当我沿着格尔木河走进工厂的时候，看见的只是荒滩、土屋和白刺，露天地里排列着三四十辆吉斯和嘎斯车，十几个工人都穿着沾满了油和沙土的衣服，有的爬在车上，有的仰倒在车底，在拆卸着车子的零件。没有高大的厂房、烟囱，没有像样的车间、设备，这能算是一个工厂吗？这个厂子能当得起青藏公路成千上万的车辆的保姆和医生的责任吗？谁会相信，这还是柴达木一个规模大而又出名的汽车修理厂呢！

“我们的厂子不像厂子呵！”我看到这里冯厂长的时候，他第一句话就这么说，“我们不得不先生产，后基建。其实，格尔木的一切生产单位都是这样，已经成为一个传统了！”

先生产，后基建，这是战斗在格尔木、柴达木和青藏高原的人们的要求，是生产建设飞跃发展的要求。形势逼迫着人，使人不能按部就班而必须是打破常规进行一切活动。当无数的车辆驶入大戈壁滩，执行着频繁的运输任务的时候，司机们多么迫切地需要一个检修汽车的场所！那么，就修建汽车保养厂吧。可是，当许多车子等待着检修的时候，你是先修车子，还是先修厂房呢？自然，先修车子。于是，1954 年 4 月，从这个厂子成立那一天起，工人们一天忙的不是盖厂房、修宿舍，而是拿起扳子、钳子，在露天荒滩上，修理着出了毛病的汽车。

这个保养厂的位置，就在当年第一批来到格尔木的人搭帐房的地方。那时候，这里长着两棵野生的白刺，人们为了纪念这个地方，至今还完好无损地保护着它们。起初，从太原、天津来的二十多个技工们，也在这里搭起了五个帐房，在帐房里吃，在帐房里住，在帐房里生产，可称为是帐篷工厂。而且，工人们使用的都是一些简陋的手工工具。

万事开头难，只要开了头就好了。这里的人，他们想做什么，就要做到什么；哪怕遇到天大的困难，也挡不住，一定要把事业办起来。那些热心柴达木建设的技工和复员军人们，陆续从广西、四川、山东和河南来了。今天，全厂已有二百六十多人。他们一面紧张地进行生产，一面修建了百十间土屋。于是，吃、住和生产，又从帐篷里搬进土屋里了。随着生产的需要，土屋里已成立了修理、底盘、车身和总装配车间，生产也有节奏有秩序了。

我在一个个土屋车间里走着。虽然，这里的设备是简陋的，但是，这里的人却是生气勃勃的。冯厂长兴奋地告诉我，开始，这里只有一台车床，现在已经有磨床、铣床、电钻、压力机和一部精密仪器——电机万能试验台。我看见，一个青年技工，满脸油黑，瞪着两眼，聚精会神，正在上海机床厂出品的一台磨床上，磨着汽车曲拐。在修理车间门口，一个青年电焊工，姓张，二十岁，甘肃人。他在熟练地焊着一个机件。我问：“你什么时候进厂子的？”他说：“今年五月。先修路，后进厂。”也是说，完成了一个任务又接受了一个任务，修路工又变成了电焊工。他进厂还不到四个月，已能独立地干活，而且还带起徒弟来了。格尔木的建设生活，要求人们迅速地成长。这里，一个人要顶几个人用。一个技工就要带几个徒弟，学习两三个月就独立工作，还要带徒弟。而且，徒弟带徒弟，已形成了一种风气。生产在飞跃，人也在飞跃呵！

在几个车间里，我还看到了许多年轻的女工，有的用锉刀锉着什么；有的在车床上车着什么；有的在老师傅的指点下，安装着什么。冯厂长说，厂里已有四十多个女工了。她们大多数都是姑娘，都是从远道自动报考到格尔木来的。豪迈的建设生活，吸引着她们。她们要求自己在斗争中锻炼，在戈壁滩的风浪里成长。于是，她们就带着雄心、欢乐和微笑来了。可是，这里还有个别不争气的人，不如这些姑娘，他们一来到格尔木，就打退堂鼓，成天只想着个人的事，不学技术，喊叫苦呀苦呀，要和内地工人换班呀；有的人竟然请长假、开小差了。一个小姑娘，把辫子一抡，大声说："这种人，太私心，亏他还是个男子汉大丈夫，丢死人啦！"这位姑娘为什么说话这么理直气壮呢？原来她有一颗用青春拥抱戈壁滩的心，一颗建设社会主义格尔木的心。

格尔木土屋里的汽车保养厂就是这样发展起来的。今年 7 月 1 日，在厂子不远处，人们选择了一片旷地，打好了地基，插起了竹竿，已在大规模地修建大厂房了。明年这时候，他们就要搬入新址，而且改称为汽车大修厂了……

第一个砖瓦厂

生产砖瓦，这在柴达木是破天荒的。

1955 年 6 月，青藏公路管理局组织了五个人，扛着一顶帐篷，背着一口锅，驻到了格尔木东南一片旷地里。五个人，自己掏井、挑水，自己捡柴、做饭。每天，每人分着吃八钱咸菜、四两小米、四两青稞和面粉。生活就从此开始，砖瓦厂就在这里建立起来了。

这五个人，挖小窑，烧砖了。没想到，第一次试烧，竟然成功了，烧出了一万一千多块砖。此后，从西安又来了十个坯工，四个烧窑工；他们的胆子就更大了，又试烧了三万窑、四万窑和六万窑，都成功了。此后，又从河南、河北、陕西和甘肃，陆续来了一批坯工、砖工、烧工、木工、普工和窑工；今天，五个人已变成了二百七十多个人。砖瓦厂大大地扩大了，而他们烧窑的能力也大大提高了。今天，烧八万窑、九万窑和十万窑，已是很平常的事了。

我看到了最初五个人中的一个，他叫王孝堂，二十岁，安徽人，共青团员，初中学生。这个中学生已不像中学生的样子了，他的脸面是黑红的，身上穿着发乌的白衬衣，脚上穿着一双已该报销了的球鞋。他是听说了格尔木的建设以后，自愿来的。他来了，就学烧砖。砖瓦厂党支书对我说，他肯吃苦，一天忙到晚，滚在土里，像个土猴。起初，他一个人又做统计，又担任工具管理，又当伙委，又参加生产。现在，他又当起砖瓦厂的生产管理员来了。

这位年轻的生产管理员，领我走上了东坡一个窑顶上。他眨动着诚实的眼睛，笑着说："这里看得清楚些。"

确实，站在东坡窑顶上，看得清楚极了。这个砖瓦厂真大，在方圆里许路内，砖坯成行成队，形成了一座座砖坯小山。四周，一个烧窑接着一个烧窑，一个洼坑接着一个洼坑，工人们就在坑底工作着。有的工人正在放好坯斗，有的工人正把泥铲进坯斗，有的工人已在用格棍格平着坯斗的砖……坑底里，洋溢着砖瓦工人所特有的劳动的声响。

在一个坑边，我遇到了出名的青年坯工组组长小金，他正在用扇板扇着打好的砖坯。这个二十四岁的小伙，戴着一顶蓝帽，蓬乱的头发从帽檐底下翘了出来；看样子，他是顽皮的，其实，他是一个刻苦好学的小伙，是一个出色的一等坯工。我问他："你是哪里人？"他说："河南。从西安砖瓦二厂来的。"他所率领的小组，出勤率经常是百分之百，而且，总是超额完成任务。

王孝堂还给我介绍说，这个坯工组生产的砖都是一等，而一等砖必须是"立三、卧四、平十九"的标准，一等砖要不短不歪，用尺量缝，缝口不能超过一英分，而且不能有蜂窝和小缺现象。虽然，质量要求很严，可是，这个青年坯工组不但保证了质量，而且产量很高。因此，自从展开流动红旗竞赛以来，只评了四次红旗，四次都叫他们夺去了。现在，这面胜利的流动红旗还在他们工作的坑边飘扬着哩。

我们绕过了红旗，来到一口水井旁边。一个中年汉子，正在使劲扳着辘轳，绞水。井水很浅，井壁都是用石头砌成的。水，对于砖瓦厂是不可缺少的，不然就会影响生产。最初，这里只有一口井，现在已有三十多口井了。因此，当你来到砖瓦厂的时候，到处可以看到烧窑，看到砖坯，同时，也到处可以看到水井。

我们又走到了一个窑旁，这是一个八万窑，用十个对时就烧好了。一块块烧好的青砖，堆满了窑口。窑还是热的，走近去看，就有一股热气从窑口喷了出来。这个窑的前面，是一条弓形的山坡，坡上排列着许多窑，坡下横竖堆着无数成砖。昆仑皮革厂的卡车，正在下面拉砖，因为，他们正在扩建厂房。其实，格尔木和百里以外的机关工厂，都是在这里拉砖哩。

我们一面下坡，王孝堂一面说："今年为了增产节约，我们减少了一些人，可是任务没有减少，要生产八百万块砖。看大家的劲头，是有把握的。明年，我们的任务要增加一倍，是一千六百万！"

明年，砖瓦厂要大发展，他们已经从青岛买回来了制砖机、制瓦机，还有一台六十匹马力的发电机，不久就要运回来了。那时候，一台制砖机，从取土到制坯，每小时可以生产六千多砖坯。他们还准备用自己烧的砖瓦，盖起百十间房子，使工人们有舒适的住屋。因为，自从砖瓦厂开办以来，两年多了，他们生产的砖全部都供给了兄弟厂，给自己还没有盖几间像样的房子呢！

格尔木砖瓦厂是柴达木破天荒的第一个砖瓦厂。人们需要它，生活缺少不了它。有了它，人们就可以在沙漠上盖起房屋，在戈壁滩上建立起工厂。

让我们祝贺它吧，祝贺它为柴达木生产出更多的砖和瓦来！

第一个昆仑皮革厂

我来格尔木以前，今年8月1日，第一个昆仑皮革厂在这里举行了一次盛大的皮革展览会。会上展出厂里试制的野牛皮张、羊皮张、带毛皮和用野牛皮做的黑色高筒皮鞋、男女各式皮鞋，以及皮大衣、短夹克、皮帽子、皮手套、皮箱，等等。据说，参观的人多极了，周围各机关部队的干部、军官和工人，男的女的，都来了。有的人当场就要订货，就要买，以至展览结束的时候，几乎把样品都卖光了。

格尔木的人很喜欢自己的皮革厂，这不只是因为穿着戈壁滩上的野牛皮鞋，穿着自己放牧的羊的羊皮夹克，很舒服，很新鲜，而且还因为自从他们生产出了第一批皮张以后，就开创了格尔木的皮革史，也即柴达木的皮革史。同时，人们热情地欢迎皮革厂，还因为这个事业关系着长期生活在戈壁滩的人的长远利益。为了求得生存，为了在高寒地带生活得好，没有皮革行吗？当然，不行。于是，人们就把打下的野牛的皮，杀了羊的皮，攒起来。皮子攒多了，于是，昆仑皮革厂就办起来了。

厂是今年四月中旬开始筹办的，还不及两个月，六月就投入试制了。这里人的生活方式就是这样。要办厂，有没有厂房是不重要的，首先是生产，拿出了成品，再说。因此，当皮革工人们背着行李，来到新厂址的时候，不管别的，就先在荒滩上挖池子，泡皮子。泡好皮子，一经脱毛，又放进自制的大木桶里浸灰。一经刨里、除灰，又泡进一个大木桶浸酸。一经上色，又在一个烂缸里吃油。然后，再刷一次色浆，最后经过整理、干燥，皮张成品就出来了。这一系列的生产过程，最初都是在露天地里进行的。

工人们一边生产，一边修了几间粗糙的房子。这些房子，又低又矮，是寝室，也是生产车间。当你走进这些低矮的房间里的时候，就可以看见，工人们有的在桌上整理皮毛；有的在用拉腿剪子剪毛；有的在用旋刀旋皮；有的在纳皮鞋底；干活用的长桌长凳和皮毛原料，占去了小房的多一半，而里面还安着床铺，被褥衣物都卷了起来，塞在墙角。墙壁上，安着长条板，钉满了钉子；钉子上挂的是各种大小生产工具；长板上放的是工人们吃饭用的碗、筷。自然，这样的工作环境是不舒适的，加上设备简陋，工作就更艰苦了。但是，人们不是为了吃现成来格尔木的，而是为了创造生活。这里的男女工人，非常爱自己的工厂。因为，工厂的一刀一剪，一房一屋，都是自己用劳动换来的。他们以能在自己亲手创办的工厂里工作，感到无比的光彩。

我在制革车间里，看到一个老工人，他的名字叫李瑛，陕西西安人。他对人非常热情，给我讲怎么浸酸，又讲怎么用石刀刮毛。看样子，他不但对工作很熟悉，而且极其喜欢自己的工作。当我和他谈起格尔木的时候，他很激动地说：“你知道吗，我们要建立起一个新的格尔木城，就为这，我才来的！”

现在，皮革厂已有五十多个工人，大多数都是从西安来的。他们的生产很紧张，各单位订货的人太多了。生产量和需要量比较，相差十倍以上。为此，厂子在不断扩大，最近已成立了制革、制毛、制鞋、皮件、割裂、缝纫等六个车间。这两天，正在招考徒工，格尔木许多家属都踊跃报名了。

昆仑皮革厂在迅速地成长着。我走出车间以后，迎面就是昆仑山。昆仑山下有着许多丰美水草的大牧场，让皮革厂，让这柴达木第一个皮革厂，更快地成长起来吧！

带来花果的老人

千万年来，格尔木没有过苹果树，没有过花朵。

可是，今天有了。虽然，果树、花朵，还长得嫩小，但是，人们爱它们。这仿佛神话一样，在柴达木到处传颂着。在干渴的大戈壁滩上，在被称为人不能生存的地方，这不是奇迹吗！

创造这个奇迹的是一个六十七岁的老人魏承淑。当我怀着尊敬的心情，走进格尔木菜园，去拜访他的时候，他正迎面向我走来。我不认识他，可是，从他那矮小的身子、微曲着的背和年迈的行姿上，从他那灰白的头发、多纹的额头和被太阳晒得发红而又苍老的脸庞上，我相信就是他了。因为，格尔木只有这样一个最年迈的人，很容易认出来。果然，我一问，就是他。于是，我们就一面向菜园走，一面攀谈起来了。

老人是陕西富平人，说着一腔地道的关中话，字字咬得真切，声音清晰洪亮。原来，他当过二十多年中学教师，曾经在榆林中学、绥德师范、西安一中和西安女中等学校任教。

“年纪大了，教不成书了。”老人非常感慨地说，“可是，种菜、种树、务花，该行吧！”

1954年3月，老人在兰州的时候，遇到了慕生忠将军。慕将军谈起了柴达木、格尔木，说高寒地区宝贝多，就是不长树，不长庄稼，以后要试验种麦、种树，而且非要种成不可。老人一听这些话，雄心来了。因此，当第二次碰见慕将军的时候，他就要求，非来不可。慕将军说：“你年纪大了，那里地势高，气候不好，不要去吧。”老人理直气壮地说：“你能去，为什么我就不能去呢？我啥都预备好啦，就等着走了！”就这样，老人把他在兰州买下的花种和花条带在身上，辞别了儿子和四个孙子，毅然到格尔木来了。

老人来了，没有房子住，就和大家一起住在帐房里。许多人替他担心，劝他回去，他反而说：“来了好，这是一个好地方呀！你们看我老汉不行？哼，我还想干两下子哩！”他开始一面挖地，分析土壤，准备搞园艺；一面和大家一起种菜，修路。六月，天热，蚊子多，咬得人头昏脑涨，人家问他：“你头昏不？受得了吗？”他倔强地说：“不昏。能行！”大家背石头盖房，他背不动，可是不愿意闲着。他说：“你们背石头，我摆石头该行吧？你们打柴，我拿锄耙柴，也行吧！”

魏老不服老，干劲大得很。他来格尔木不久，还写过这样一首诗：

我来格尔木，
年已六十四；
人民园艺好，
为达我心志。

不怕生活苦，
不怕无房住；
只要土肥沃，
生产自富饶！

柴达木的建设生活鼓舞着老人，老人的“心志”是高的。可是，这里的土并不“肥沃”。格尔木主要是盐碱地，老人第一次种的树，种的花，长不起来，活得极少。因此，他就分析土壤，经常抓起这里的土，用嘴尝尝；抓起那里的土，用嘴尝尝；把花几天移到这里，几天又移到那里，反复地试验着。他顽强地干着，不断地栽，不断地种，一次不行，再来二次；二次不行，再来三次、四次、六次、八次……终于，老人战胜了自然，他给柴达木赢得了第一棵果树，第一朵花！

老人领我走到了一片苹果树的面前。搭眼看去，它们都已长了尺来高，成排成队的，散布在一大片被改造过了的盐碱地里。它们绝大多数都发出了新条，长出了小叶。

老人兴奋地说：“我们种了五百多棵，活的就有百分之九十以上。今年，发新条了。你看，那几棵长的都有一尺多高了！”

我圪蹴下来，仔细地看着老人务的苹果树。那新发出来的嫩绿的小条、小叶，多引人爱。这是柴达木盆地长出来的第一代苹果树呵！

我们在另一片盐碱地，又看到了杏树，长得和苹果树高低一样，枝条健壮，小叶繁多，形状已似大树。杏树成活率高，老人种了二十四棵，都活了。

老人又引我看了沙枣树。沙枣树苗是菜园生产组长从自己家乡——甘肃民勤带来的。人们都希望格尔木有自己家乡的果木，因此，在回家度假期的时候，总要带些种子来。现在，沙枣树已长有二尺多高，成活率也很高。

“看，那边，葡萄！”老人忽然天真地喊道。

葡萄，葡萄在格尔木也能生长吗？我不由得跑了过去。可是，近前一看，尽是一些灰白色的干杆杆；好像谁在地里插了一些短柴棍一样。然而，仔细看去，杆杆上已长出了小芽儿，它仿佛是和杆杆在搏斗中顶出来的。看着小芽儿，真叫人喜欢。小芽儿，快快地长大吧！

老人快活地说：“葡萄，没有根，插个杆杆就能活——这还是个经验。我插了四十多棵。你看，那芽儿，有二寸长了。明年，再长大一点，我准备用豆角攀引。”

老人似乎特别爱葡萄。我想，在他精心的栽培下，不久以后，格尔木的人就可以吃到葡萄了。那时候，人们将会说：“这是来自格尔木的葡萄，是在戈壁滩上长出来的！”而当人们吃着葡萄的时候，也一定会怀念这位老人；因为，正是这位快七十岁的老人，给柴达木带来葡萄的呵！

这时候，老人把我领进花地里来了。呵，好多的花，多好的花！红色花、黄色花、蓝色花和白色花，真是花样繁多，美不胜收。金盏花，披着金黄色的头巾。茼蒿花，穿起了纯黄的镶着白边的衣裳，在互相竞美。鸡冠花撅起了一片红艳艳的大嘴，在嫉妒虞美人，因为虞美人红得比它好看。尤其是蓝筒絮花，开着一种筒筒样的淡紫色的花朵，看起来纯真，纤细，温柔，看了还想看。老人走上前，摘了一枝，递在我的手中。感谢老人，感谢他给了我格尔木的一枝花！

老人讲起花田里的花种来了。他指着，说着："花的品种很多，已有三十多种了。五色八月菊，种了三十多窝。六月雪，种了十几窝。虞美人——楚霸王的老婆，种了十几窝，明年准备大种。雁来红，又叫老年变，已长一尺多高了。万寿菊——花还没有开，开了以后，耐性最大。"

老人说到这里，又给我讲了个小故事。去年 11 月，他去西安治腿病，同时，跑到西安师范学院，准备买些花种回来；可是，人家把他当贩花子的，不卖给他。他给人家说："我不是贩花子的呀！"人家不信。幸亏，学院有个教员是他的学生，去给他交涉，才卖了。当他带着花种又回到格尔木的时候，许多人怀念地说："我们还怕你不回来了呢？"他笑嘻嘻地说："你看，我不是回来了吗？"

老人给我谈着花，又使我想起慕生忠将军房间墙壁上挂着的一幅玉兰国画，和写字台上摆着的土烧砚台及小慈姑、核桃、荸荠……这些小摆设是老人研究土质的时候，挖出了一些好土，玩着捏制由砖瓦窑烧出来的；而那幅画着玉兰花的国画，也是老人画好送给慕将军的。画上，老人还特意题了一首诗，上写：

祖国江南多奇花，
山秀芬芳宜人家；
昆仑山下无此物，
聊挥一幅欣赏它！

老人写这首诗和画玉兰花的时候，才来格尔木不久。今天，他已不是用笔“聊挥”，而是用自己的智慧、心血和双手，在昆仑山下播种着花朵。

老人谈着花，谈着果树，我觉得他的心中充满着对花果的感情。他抚育花果，爱着花果，他把自己的晚年献给了柴达木的花果事业。人们尊敬他，爱戴他，因为，他是第一个给戈壁滩带来花的人，第一个给柴达木带来苹果树的人。

虽然，他已年迈苍苍了，可是，他说：“我在格尔木生活，给人民办些事，心里畅快。我都变成老小伙子了，头发都变黑了！”

老人的头发并没有变黑，但是，他的心确实变年轻了。

呵，祝福你，魏承淑，好老人，可爱的带来花果的老人，愿你像抚育的万寿菊那样，永远年轻，健康，生活得更好，更美！

格尔木的钟声

“当！当！当……”

格尔木的钟声响了。钟声深沉、洪亮，震动着昆仑山，震动着戈壁大地，震动着格尔木人的心弦。这是生活的钟声，建设的钟声，战斗的钟声！

我每听到这钟声，心里就很激动。这不是古庙钟声，那么阴沉、凄凉、单调；这钟声召唤着人们投入到沸腾的生活中去，投入到暴风雨般的斗争中去。清晨，当钟声敲响的时候，你可以看见，格尔木成千上万的人，走入了工厂、高山，奔向了戈壁、沙漠。他们去挖煤，去炼铁，去烧砖。他们去修路，去开荒，去种田。他们去挖盐，去放牧，去做鞋，去浇花。他们驱车爬上了昆仑山、唐古拉山雪线，进入拉萨。他们穿过大沙漠，翻过当金山口，驶入了河西走廊。生活在这里显得多么雄壮，多么有魄力！

傍晚，当钟声敲响的时候，你还可以看见，许多人参加了“义务劳动日”，扛着铁锹和十字镐，修市区马路去了。许多人务劳自己栽培的白杨、柳树和花去了。许多人涌向商场、书店和篮球场去了。许多人相伴着走向格尔木河畔，谈笑，散步。那两个戴着黑色小帽的回族青年，缓行在大路上，一个拉着一个的手，对唱着青海“花儿”。那个穿着红色新衬衫的姑娘，抡着两条粗辫子，她为什么向沙丘跑去了呢？原来，她是赴约会，那边一棵红柳跟前，有一个青年正等着她哩。格尔木的傍晚多好呵！

这时候，慕生忠将军和下了班的工人，正在和一只小狗熊玩耍，逗乐。小狗熊是几个修路工人从唐古拉山抓回来的。去年，它还像一只小猫，今年，已变成庞然大物了。它被铁链子拴在一根木桩上。这东西，刚长大，就显得凶猛非常；一见人，就张牙舞爪，猛扑了过来，要不是铁链拴得紧，真会吃了你。这里，还抓住过五个狼娃，可是，这东西从小就坏，就想吃人，将军怕它们伤人，把它们打死了。还养过一个小猴，也因不老实，抓人，被工人把脑袋敲烂了。现在，只剩下这只小熊，虽然凶猛，可是好玩。将军从自己种的白菜地里，摘了两片叶子，小熊一见，就乖巧地张开嘴，伸出长舌头，流起涎水来了，逗得大家快活地笑了。

格尔木的傍晚，充满了欢乐、活跃和喧嚷的色彩。

可是，转眼间，也会刮来一阵狂暴的风。狂风扫荡着大地，天空弥漫着黄烟。然而，在战胜了千难万苦的英雄们面前，狂风是懦弱的。当我迎着狂风，走在格尔木大路上的时候，我觉得，昆仑山在向格尔木人招手、微笑；格尔木河在为英雄们欢呼、歌唱。于是，狂风逃窜了，晚霞又升起了。

我眼望着昆仑山上的晚霞，夸耀格尔木，夸耀格尔木人。在辽阔的戈壁滩上，在偏僻的青藏高原上，只有真正的英雄好汉，才能创造出举世闻名的青藏公路，才能创造出格尔木，创造出白杨和花朵。因此，如果说，蒙古族兄弟称格尔木是出金银的地方，那么，我想说，这是出金银的地方，这也是出金子和银子般人的地方！

1957 年 8 月 28 日，格尔木—大柴旦

察尔汗盐桥

吉普车驶出了格尔木，昆仑山渐渐地远去了。

可是，我心里仍然惦念着昆仑山下的筑路工人们。不正是这些英雄，在高寒地带，跨越天险，修通了千难万险的青藏公路！不正是这些好汉子，在筑路的同时，又创建了一座戈壁之城——格尔木么！

太阳当空，和风吹拂。我们又在他们修筑的格（尔木）敦（煌）路上行驶着。

大戈壁滩笼罩着灰黄色的雾气。虽然，搭眼看去，几乎没有引人注意的东西，荒芜呵，萧条呵，多么凄凉的风沙地带！可是，当你晓得，英雄们曾经在这里走过，他们还正在这里创建着江山，那么，你不会觉得眼前的一切又是充满生气和动人的么？

而且，低下头来，沿路望去，可以发现许多小小的野麻，遍地丛生，迎风摇曳；虽然不显眼，粘着一身尘土，却显得强劲，葱绿。一棵棵白刺，从砾石中挺起腰身，舒展着枝叶，犹如戈壁之莲；即使在暴烈的风沙里，它们仍然密结着丰硕的果实。还有那红干红枝的沙柳，披着一缕缕青丝，遇人低头密语，你不由得会惊叹它的鲜丽和婀娜的风姿；而且，它也是从干渴的沙滩上生长出来的。

车里，青藏公路管理局局长慕生忠将军，一直抬着头，望着窗外。他虽已年迈，两鬓花白，可是，对戈壁滩却怀抱着雄心大志。他不时地指着滩地，说："这地方，什么宝贝都有！你看，野麻，据说可以织出上等衣料！如果我们给它追肥，不就会长大，长高，还可以繁殖吗？这营生，可以干！"

他眨着眼，沉思地一笑。在柴达木生活的人，看见盆地的任何东西，都是珍贵的。野麻，可以织出上等衣料；那密结着红色或黑色小果的白刺，据说，顺手可以摘下来吃，是一种稀有的枸杞类药材。沙柳，勘探者很喜欢它，在和大自然的斗争中，利用它的枝条，可以盖起又别致又避风的土屋。在柴达木，高山、峡谷和滩地，你随时都能遇见这种土屋。

可是，我们驶过一片戈壁滩以后，眼前的景象完全变了。

这里没有了一枝野麻，一根小草，这里是一片辽阔的湿漉漉的田地，土壤肥沃，呈黑红色，好像几百台拖拉机，刚刚在这里翻新过似的。而且，它是无比地浩大，宽广，你怎么也找不到它的边际。真是气势磅礴，惊心动魄！

慕将军说："我们进入察尔汗盐湖了！"

原来，这就是察尔汗盐湖呵！早已听说过这个名字，早已向往这个地方了，可是，走到了它的面前，却认不出来。我举目四望，发现在湿漉漉的大地上，闪烁着无数星星点点的光，仿佛这里又刚刚播种下银色的种子。多么绮丽的盐湖！现在，我们已在盐湖上面驶行，脚下就是取之不尽的盐的宝藏了。

可是，人们说，湖上有一座盐桥，它在哪里呢？

吉普车飞跑着。突然，湖上闪出一个白点，驶到跟前一看，原来竖着一个木牌。

“盐桥！”将军掉过头说，而且带着意味深长的笑容。

这时候，吉普车发威了。它一闪过木牌，声音轻了，走得快了。瞬间，你好像觉得它离开桥面腾空飞行似的；但是，你不会觉得颠簸，只感到轻松、平稳，舒坦极了。俯视桥面，黑亮黑亮，似柏油路，又平又直，又宽又硬，仿佛一条笔挺的长河，一直飞向远方。虽然，这里没有平地架起的桥梁、桥墩，也没有雕刻的石桥头、石栏杆。这里只有一条修筑在盐湖上的桥面，一条看起来动人、走起来畅快的桥面。这是一座怎样的桥？它会唤起人们多少快乐和幻想！

有史以来，谁可曾看见过或听说过什么盐桥吗？现在柴达木竟然出现了盐桥，我们竟然就在盐桥上行走着。这真是人生一大见识呢！

这是出现在社会主义建设中的奇迹。它就是曾经修通了青藏公路、驻扎在昆仑山下的筑路工人们创造的。和我同行的慕生忠将军，也是修筑这座盐桥的指挥者。这一阵，将军泰然自若，望着盐桥，乘着吉普车飞行。可是，当年，为了修筑盐桥，他和工人们伤透了脑筋哩。

1954年3月，为了修建格敦路，一批探路工人，吆着五百头骆驼，从敦煌出发了。那时候，柴达木荒无人烟，探路是艰难的。用将军的话说，工人们是拿着指南针“硬探”的。当他们翻山越岭，“硬探”到察尔汗盐湖的时候，面临着一望无际的盐湖，只有愁眉苦脸，唉声叹气。怎么办呢？

工人们伤起脑筋来了。想一想,线路绕过盐湖行吗？湖大无边,绕到哪里去，又怎么个绕法呢？不行，绕道费工费时，绕不起这个圈子。那么，格敦路非要从盐湖上通过不可了。可是，在盐湖上修路行吗,历史上有过这个先例吗？这是开发柴达木的一条必经之路,工人们研究了盐湖，想了些法子，可以说是异想天开，打破先例，毅然决定在盐湖上修路了。

筑路工人们行动起来了。一切，就地取材，就盐取盐。从表面看，盐湖湿漉漉的，很松软似的，可是你用手扳，坚硬如铁，动弹不得；如果你鼓足全身力气，非要扳起一块不可，也许可以扳下鸡蛋大小一块，可是手指得疼上几天，而且往往会刺出血来。或者,这也正是在盐湖上可以筑桥的一个条件哩。然而,盐层再怎么坚硬,也经不起钢钻和手榴弹炸吧。于是，工人们就夜以继日地钻探、爆破、开挖。同时，工人们发现用盐块铺好桥面以后，再搅拌起盐水,通通浇上一遍，桥面不但更加坚硬，而且平滑如镜。就这样，筑路工人们没有花几个钱，没有用多少工，格敦路修通了，一座盐桥出现了，一件空前罕有的奇迹诞生了。

奇迹在英雄们手里诞生，并不奥妙，也不复杂，往往是平凡的。为了建设柴达木，我们的人民什么奇迹都做得出来呵！

朋友，也许你还有些疑问，也有些担心吧:如果天要下起雨来,或者下起雪来，那盐桥不就垮了吗？人不会跌入盐湖去吗？不，垮不了，跌不下去。妙也就妙在这里。在广阔而又干渴的柴达木，非常地缺雨缺雪，尤其在盐湖上，就更少和雨雪照面了。当然，缺雨缺雪，不是一件好事，没有法子，老天爷不睁眼嘛！可是，这也不是一件坏事，它使得人们在柴达木筑起了一座盐桥。而且，这恐怕还是世界上罕见的一座盐桥哩!

将军有趣地说:“当时,桥一修好,我们插了一个木牌,上面写着:盐桥长三千一百米,时速限制八十公里!”

有意思极了。一般公路桥,都竖有牌子,不是加速,而是降速;一般汽车,一小时五十公里,就够快的了,盐桥上却写着“时速限制八十公里”。过往的司机们,看见这个牌子,一定非常喜欢,一定要在盐桥上放快车,过过瘾了。

当时,将军还为盐桥写过一首诗。他顺口朗读着:

咸盐筑路成稀罕,
咸盐架桥世无双;
盐桥横跨察尔汗,
桥身全长超万丈!
盐桥东西无边际,
盐桥南北好风光;
南望昆仑北祁连,
湖光山色引人恋!
风平浪静神气爽,
平硬直宽比长安(北京东西长安大街);
工程科学新发展,
建筑史上创纪元!

在盐桥上驶行,我和将军谈盐,心里很愉快。柴达木盆地有多少盐呢?我想起所走过的线路,青藏、格敦公路也好,茶(卡)茫(崖)

公路和许多通往农牧区及石油探区的支线也好，都是找附近现成的咸盐铺成的。我曾经在盆地东南边缘，访问了出名的茶卡盐池，它出产的大青盐，味纯可口，远近闻名；一个场长说，茶卡盐储量五亿吨，可供我国六亿人口吃一百六十年。然而，这只是柴达木一个小盐池，经过初步勘察，已发现有柯柯、昆特里和察尔汗等六七个盐湖，而且都比茶卡盐池大。

我们脚下的察尔汗盐湖怎么样呢？

将军说："据初步勘察，只这一个盐湖，储量就有二百五十亿吨。据说，只柴达木的盐，就可供全世界人口吃一万多年！"

多么吓人的数字！它为我国发展化学工业和各种工农业用盐，储备着多么雄厚的资本！

"这里的盐，挖出来就可以吃。"将军说，"我们有一百多人，现在正在东面开采，明年准备生产十万吨！"

可是，对于察尔汗盐湖来说，只是取了它的一点一滴！

吉普车飞行在盐桥上，飞行在银光灿灿的盐桥上，多么畅快，多么动人呵！

不一阵，我们到了盐桥的北面，停车在一排窑洞的面前。将军跳下车，和我一起走进窑里。工人们不在家，出工了。昂头看，窑顶奇亮，在裂缝处，盐块闪光。原来，这些窑洞也是用盐箍起来的哩。

盐呵盐，简直是万能的。柴达木，有盐湖，有盐山，有盐路，有盐桥，这里又有盐窑。我想，如果说，柴达木是一个石油的海洋，那么，又可以说是一个盐的海洋呵！

我们从察尔汗盐桥上走过来了。

当我回头再望的时候，发现在盐湖的大气里，驶行在盐桥的车辆，犹如鱼龙穿梭。那北去的车队，驾凌在海市蜃楼之上，变成了一个个黑点，渐渐地，越走越高，仿佛冲上了云霄，奔向了南天门。而南来的车队，却仿佛天上的星群，降临在盐桥上，远远地，闪出几十道万丈白光，然而等车驶到跟前，原来是车窗玻璃反射出来的光。这是盐桥上一种奇观哩！

我望着，望着察尔汗盐桥，望着奇特无比的盐桥。我很想歌唱。然而，朋友，让我们首先歌唱修筑盐桥的工人们吧，奇迹是他们创造的！

1957 年 9 月 3 日，大柴旦

在铅锌矿山上

一

我们祖国有许多大好名山，你心目中最喜欢哪座山呢？

朋友，我多么想告诉你，当我在柴达木行走着的时候，在茫茫的大戈壁滩里，在祁连山和盆地的接触线上，看见了一座峻峭奇特的山。她的绿色的和红色的岩石，一下子就夺取了你的视线。而且，在阳光下看起来，红岩更红，绿岩更绿，仿佛披着一件珠宝叮当的衣衫似的，闪烁着璀璨无比的光彩。这时候，朋友，当你晓得了她是柴达木盆地一座非常珍贵的山，她是出现在祖国大地上一座巨大的铅锌矿山的时候，你又怎么能够抑制得住内心的激动呢？

这座山上的一位党委书记，是一个山东汉子，红扑扑的面庞，黑亮的眼睛，只是人长得矮些，不多说话。然而，谁要一提起铅锌山，他的话就多了，一口气说得出山上许多有趣的事情，而且声音洪亮，非常动听。不久以前，这位书记才在山上结婚，做了新郎。他兴致勃勃地对我说：

“凡是到柴达木来的人，都要到我们山上看看！”

他把“我们山”几个字，咬得重，拉得长，你不难从里面察觉出一种自豪的味道。

这时候，我和他穿过了一片戈壁滩，乘车拐入一条山谷里。山谷小路，又狭长，又弯曲，人越着急，越走不到尽头。两面的山很陡，山顶着天，天连着山，人被夹在两山的中间，看见天只露出一道缝，呼吸也感到窒息了。然而，沿路尽是绿岩、红岩和各种怪石，似乎向一座迷宫走去，使你觉得绮丽、神秘，不由得想快些走进这迷宫里饱看一番。

朋友，说来也快，眨眼间，我们已被群山包围，处在森严阴沉的深谷里了。爬上一道斜坡，我第一眼看见的是参差不齐的土屋，接着听到的是一阵铿锵悦耳的声响。我顺声一找，发现一座全身用帆布包裹着的井架，仿佛一尊石塑大佛，坐落在高高的山腰上。但是，山极陡，陡得直立了起来，那么，人们怎么把笨重的井架和钻机搬上山的呢？一个空手的人也很难攀登得上去呀。

“在这样险要的山上打井，少见！”

“嗨，这算什么，说上去就上去了嘛！”党委书记把眉毛一扬，说得攒劲极了，“为了探储量，我们已经打过许多井了。”

“现在，就去山上看看吧？”

“粗粗看一下，也得五六个钟头。现在，天已经晚了。”

确实，天已晚了。一阵冷风扫过，深谷慢慢地拉开了夜幕。虽然，我多么想上山去，第一次来到铅锌山，铅锌矿是什么样子，还没有见过哩。可是，这一阵，我只有跟着他，走进了他的土屋里。

这间土屋极小，走进里面，转不开身子。可是，屋里的一切，井井有条，非常整洁。床铺上搭着白蚊帐，叠着绣花和印花被子，桌上的书也摆得齐齐的，玻璃板下压着许多朋友的相片，其中有他和爱人的相片，照得很亲热，大约是一张宝贵的纪念照吧。土屋墙壁上，挂着四五张崭新的招贴画，地下还摞着三四个崭新的脸盆，这大约都是朋友们特地从山外买来，送给新婚夫妇的。显然，土屋还保持着新婚的一切布置，哪一对新婚的人愿意一下子就把洞房打乱哩。因此，土屋还散发着新婚的气氛。

可是，土屋是极其粗糙的，而且还有一股呛人的沙土气息。打眼一看，它只是用几块薄板、烂椽和沙土砌成的。墙壁上，顶棚上，沙泥龇牙咧嘴。这样的土屋，怎么经得住风吹草动？大风暴一来，简直可以把土屋连根刮跑。然而勘探者就在这里安了家。再想一想，这万年无人过问的荒山深谷里，竟然出现了土屋，这岂不是我们这个时代的一桩奇闻吗？你不也会自然地称赞起土屋了吗？

书记的爱人下班回来了。她走进屋子，一看见他，笑容可掬，爱人出山开会，走了一星期，今天回来了，她怎能不高兴呢。她一见生人，似有些害臊，想抑制自己的笑容，可是怎么能抑制得住呢？她低下头，眯笑着，拿起暖水瓶，给我们泡茶，又拿起小勺子给茶里放糖。

我说：“有茶就行，不用放糖了。”

书记说：“放点，这里水特别苦！”

我端起茶缸，尝了一口，虽然开水里有茶又有糖，可是，喝起来，仍然觉得嘴里发涩发苦，而且带着碱味。这里的水怎么这样苦呢？

他笑着说：“喝不惯吧？”

这时候，又走进来两个年轻人，一个是牛技术员，地质勘探组长；一个是蔡技术员。他俩一来，屋里热闹了。晚上，我们就坐在铅锌山的土屋里，畅谈起铅锌山的来龙去脉了。

朋友，你晓得人们是怎么发现铅锌山的吗？原来，我们祖先就曾经赏识过这座山，蒙古族兄弟用土法开采过。至今，山上还有着古峒遗迹，还给山起了一个不确切的名字叫：锡铁山。可是，我们祖先怎么能更多地认识铅锌的价值呢？历代统治者也不赏识铅锌。于是，铅锌山就沉睡了，一年，两年，百年，千年，永远地沉睡下去了。

直至 1953 年，在大量的群众报矿材料中，中央地质部发现了柴达木这条线索，一位地矿司副司长先来踏勘了一下。接着，为了证实这座矿山和她的开采价值，1955 年 8 月，由谢工程师带了一支小普查队，其中有牛、蔡两位技术员和测量员、管理员及采样工，在西宁借了一辆汽车，装上粮食、帐篷和锅碗来了。那时候，他们第一次到柴达木来，不摸底，走进荒山，在荒山歇脚；走入滩地，在滩地露宿。半路上，他们摸索了一些经验，由谢工程师倡议，分了三个组：打柴组——沿路缺柴，得四处找柴做饭吃；找水组——沿路缺水，得费工夫找才行；搭帐组——沿路无店，要自己寻地方露宿。现在，从西宁到铅锌山，有两天就可以赶到；可是那时候，小普查队整整跑了九天才找到了这座宝山。

于是，1955 年 8 月 23 日，和外界隔绝了千万年的铅锌深谷里，第一次出现了小普查队的两顶小帐房。

于是，在荒山野谷里，第一次响起了榔头敲打岩石的声音。谢工程师爬上了山冈，蔡技术员在做记录，牛技术员在填图，测量员在测量地形，采集员在打标本。他们夜以继日，干了七十六天，完成槽探三千立方米，采标本五百多块，同时简测了地形图，填了地质草图。他们大胆地打破陈规，争取时间，迅速地获得了资料。当他们凯旋西安的时候，给人们带来了多么动听的消息呵！小普查队的工作，对铅锌矿的评价，提供了科学根据，初步确定这是一座极其珍贵的矿山。领导上指示他们加速勘探。寻找铅锌矿不容易，既然发现了一座有希望的矿山，为什么不及早地干下去呢？

这样，一个月以后，这支地质队又回到了铅锌山。他们再次打破陈规，进入冬季勘探了。

“冬天，山里冷极了。不过，一干起来就想不起冷了。”

牛技术员含蓄地眨了眨眼睛。这位从东北地质学院出来的大学生，现在已很少有大学生味道，他的长脸是黧黑的，近视眼镜下一对眼睛非常宁静，惯于沉思。他把自己和同伴们经历的一切，说得很平淡。可是，你仍然能够听出勘探生活的困苦来。

那时候，零下三十摄氏度，勘探队的工程师、技术员和工人们，仍然住在单薄的帐房里。本来，一天爬山，人已很累，躺下来就可以睡着，可是，即使是最贪睡的人，晚上也得被冻醒几次。早上，一爬起来，每个人的眉毛上，都结上了冰粒；长胡子的人，鼻下还多结了一层冰粒。吃饭也大成问题。每天，人们要从山外拉冰回来，等把冰放在锅里，烧火消冰的时候，高寒山区，空气稀薄，火又生不着。半天，火生着了，冰化了，这才搭笼蒸馍；再等把馍蒸好的时候，已经十一二点了。就这样，蒸馍还是半生不熟的，用手一拿，黏糊糊的，变成软条了。可是，肚子饿，要工作，顾得什么生熟，抓起来一吃，就忙着上山了。晚上回来，第二顿饭，照样难缠，吃的还是半生不熟的。我们勘探者的生活真是艰苦呵！

但是，勘探者仍然不知疲劳地爬山、勘察，夜晚，窝在一星点炉火旁边计算、绘图。不管多么寒冷，他们的心是火热的；不管吃什么饭，只要塞满肚子就行。人们晓得自己在做着什么。于是，一天天，勘探者把铅锌山的秘密揭穿了。一天天，勘探者亲眼看着自己的双手里，铅锌储量资料增多了。在我们的生活中，还有比这样的劳动更使人快慰的吗，还有比向亲爱的祖国呈献出自己工作成果更幸福的吗？

“一切苦，都算不得什么，说过去就过去了！”牛技术员把头摆了一下说。

“其实，一习惯，也就不觉得啥了。”蔡技术员也插进来说。

朋友，铅锌山就是这样被发现了和被勘探着的。我们怎么能够忘记这些第一批勘探铅锌山的人呢？不正是他们第一次真正向我们国家和人民证明：铅锌山是一座又富又大的矿吗！她在我们眼前已经苏醒了，微笑了，闪光了！

二

太阳出来了。虽然在深谷里，看不到太阳的面容，可是在铅锌山巅，却辉映着金光。

晨风吹着。一伙戴着柳条帽的钻井工人，爬上了对面的高山。接着，提着榔头的人，扛着标尺的人，抬着机件的人，还有两个穿着宽大工作服的姑娘，都上山去了。有一个头上包着毛巾的农民，吆着一条毛驴，也驮着两大桶水，送上山去了。

牛技术员给我打着招呼，提着一支电石矿灯走了过来。

我俩离开住地，下到沟底，沿着一条通山小路，也向山上爬了。沟底，海拔已是三千多米，上山，越走越高，气压减低，空气稀薄了。我爬了一阵，气又喘，心又跳，越想走快，越走不动。但是，心里是极其快乐的。我们是在爬着一座不平常的山哩！

拐了一个弯，走到了一片平地上，眼前出现了一个黑峒口。一个新调来的测量工程师和那两个年轻姑娘，已经钻进峒里去了。

朋友，人们钻着的这个黑峒，就是铅锌矿峒。牛技术员点着了矿灯，我们一起钻了进去。刚一进峒，就有一种浓烈的硫磺味道扑鼻而来，使你马上觉得头发闷，眼发涩。峒里是阴冷潮湿的，峒底时常碰到水，是有毒的硝酸水。越往里走，峒里越黑，越阴，使人有一种难忍的压迫的感觉。我们走了一段，猛然，传过来一阵震耳欲聋的声音，这是工人们在峒里开挖铅锌。也许，这种声音在峒外听来不大，可是峒里听见犹如雷吼一般。向前走，峒里就更黑，更阴了。

这时候，我们已走在峒中间了，两边出现两条峒口。牛技术员告诉我说，采集铅锌标本主要在这两条峒里。我们往左面一条峒走去。虽然，峒里墨黑，可是，借着矿灯微光，我发现一走进这条峒，景色立即变了。整个峒里，从上到下，从左到右，银光闪闪，琳琅满目，我觉得好像走进了一条用金子和银子箍成的走廊里了。瞬间，我也觉得身上轻松了，虽然那种刺鼻的味道更浓，但是不觉得呛，心里舒坦了，眼睛亮了。

我把牛技术员拉了一把，叫他等等再走，顺手从脚底抓起一块石头，举到矿灯跟前一看，灿灿银光，迷人视线。我忙叫他解释一下。他指点着说：

“发亮的是铅，发黑的是锌，夹杂着黄铁矿、褐铁矿、石膏……冶炼以后，有铅、有锌、有硫、少量的锰、稀有元素和黄金、银子。”

我紧瞅着铅锌矿石，真是一块又漂亮又宝贵的矿石呵！我见得不多，可是煤炭、铬铁和镜铁矿石，都比不上铅锌矿石这么多彩。我又借着矿灯微光，回望着山峒，这不是一条宝峒、光峒和迷人的峒吗？朋友，这一阵，要是你也站在峒里，一定会和我一样喜欢哩。

突然，峒里又传来一阵开挖的声音，震得人身子都颤抖了起来。这声音是从哪里传过来的呢？我们再走了一阵，看见了星星点点的灯火。原来，两个青年工人，正在弓着腰，小心地挖着峒壁，一块块铅锌矿石，堆集在他俩身边。两个人的脸面上，都涂上了铅锌粉末，衣服上也涂上了一层闪光的东西，仿佛披着一件珠宝衣衫似的。

牛技术员问：“挖多少了？”

一个工人昂起银灰色脸面说：“不多，才挖一会儿。”

显然，在峒里采集标本是一种非常辛苦的工作。虽然，峒里阴湿，空气极坏，工人干活，容易疲劳，时间一长，甚至会昏倒在峒里。可是，你看看这两个工人，他们兢兢业业地劳动着，身边不断地增加着探矿所需要的铅锌标本。

处在铅锌峒中，使人兴奋，不想离开。我拿着一块矿石，走出峒的时候，心里久久地不得平静，脑海里填满了峒内灿烂的景象。

这时候，爬着山，牛技术员和山上两个姑娘搭话了。

两个姑娘站立在一条黄土斜坡上。她们弯着腰，一面察看黄土，一面做着记录。我一问，才知道这条黄土斜坡是氧化带，两个姑娘是北京科学院的实习生，专门来山上研究氧化带的。

她俩一个姓钟，四川人，身材细长，两颊绯红，太阳一晒，显得更红了，是东北地质学院毕业生；一个姓叶，福建人，个子不高，有些瘦弱，可是待人亲切，温柔，是北京地质学院毕业生。我翻着她俩的地质记录簿，里面写着许多技术分析，绘着许多小图幅，密密麻麻的，弯弯曲曲的，点点道道的，把两个簿子差不多写完了。

我问："研究氧化带有多久了？"

她俩不约而同地说："不长，才学哩！"

她俩都不过二十多岁，可是，都已有了大志向。今天，她们在柴达木研究氧化带，谁能够说，明天，她们不会对开发铅锌矿做出极其有益的贡献呢？当她们眨动眼睛记录着氧化带资料的时候，难道这不也在记录着她们的青春和理想吗？

我们聊了一阵，走了。可是，走出几步，就听见两个姑娘在和什么人吵嘴。转回去一看，在氧化带的拐角处，工人们正在挖一个坑道，坑有三四十米深了，沿坑一条粗绳甩着一只大筐，两个人在坑底铲土，五六个人在坑上面拉土。坑边，两个姑娘笑着，要求下坑看看地层情况；一个技术员鼓着嘴，很严肃，不叫下去。

"得领导批准才行！下去，谁对你们负责呀？"

"我们自己负责自己还不行吗？"

"自己负责自己？哼，不行，这是纪律！"

两个姑娘不吭声了。接着，又进攻说："那你是经过谁批准的？"

"地质科。"

两个姑娘把牛技术员扫了一眼说："那地勘组长就在这里，他批准我们下去呀？"

站在我身边的地勘组长，听她们一说，只是笑，不吭声，赶紧揪了我一下，转身走了。牛技术员不会答应她俩下去，那不如趁早走开，吵嘴就叫她们吵去好了。

我们转身上山，走进一座钻塔里了。

钻机停了。钻工们正在整理钻杆，准备继续钻进。他们的脸面、双手、衣裤，满是油腻，好像从油桶里钻出来似的。他们正在为探明铅锌山的地层和储量，勤苦地工作着。

昨晚和我们一块聊天的蔡技术员，正在钻台旁边检查着井底取出来的岩心。他把一块块岩心，翻来翻去，看了又看，然后，又圪蹴在地上，埋起头，做记录。

这一阵，我一面看蔡技术员做记录，一面不由得寻思起来。这位技术员是怎么成长起来的呢？他没有上过专门学院，读过两年初中以后，就一直在药房当店员，1953年5月，才参加地质队做练习生。但是只一年，就被提升为助理技术员了。一个药房店员怎么一跃而成为地质技术员了呢？这里除了下过苦功夫以外，还能找出别的道理吗？现在，他已是共产党员，正在进一步地向科学进军哩。我又不由得想起他啃西瓜皮的遭遇来了。

去年夏天，测量队在二十里以外的泉集河，发现一种矿化现象。自然，这对研究铅锌分布范围是一个喜讯。马上，四个技术员乘小吉普车去了。天热，他们还带着两个西瓜。可是，他们爬上山，转来转去，研究了矿化现象以后迷路了。山形复杂，回路难找，从黄昏到半夜，他们找了八个钟头，仍然没有出路，既找不到放吉普车的地方，也找不到吃西瓜的地方。没法子，只得燃起篝火，在滩上窝了一夜。第二天，天一亮，爬起来，跑到十二点，还是找不到路。大家又饥，又累，又急，有什么办法好想呢？蔡技术员和大家一商量，叫身体差些的人原地憩着，他一个人先去寻路。其实，他也累得够呛了。

他咬着牙，走呵，走呵。没想到，竟然找到了吃西瓜的地方。这就大有希望，他高兴极了。这时候，他瞅着扔在滩地上的西瓜皮，马上又觉得饥饿非常，不管三七二十一，捡起西瓜皮，就大啃特啃起来。啃过西瓜皮，身上挺舒服，又向前赶路。可是，等找到路，又饿得走不动了。他想："那我就躺在当路上，有车过来，就得救了。"果然，他在昏迷中被人唤醒了。原来，昨天晚上，他们出去，一夜不归，山上的队长、书记和同志们，早已等得心焦，连夜派了大车小车，把车灯开亮，在戈壁滩里寻找。直到今天黄昏，才在当路发现了小蔡。他连忙爬起来，带大家去找迷路的伙伴。等找到的时候，伙伴们也饥饿难忍，正在滩上啃着他已啃过的西瓜皮哩！

看起来，勘探者的生活是有苦有乐呵！

这时候，我和牛技术员顺着盘山小路，爬上了铅锌山中心地带，坐在一个高坡上。从这里望出去，矿山十分醒目。左边山上有钻塔，有坑道，山下是土屋、帐房，是勘探者的大本营；右边山上也有钻塔，有坑道，有钻工们住的毡房，那两个姑娘和工人们还站在氧化带的拐角处。朋友，这时候，你能和我一起坐在铅锌山上该有多好哩。抬起头来，群山重叠，好似波浪汹涌，向天边滚滚而去。你视线所能触及的地方，尽是绿岩、红岩，铅锌矿耀眼夺目，真是一座灿烂山、宝贝山呵！你再想我们坐的位置，这正是前面钻过的那条银光闪闪的矿峒上面。瞬间，我觉得仿佛是坐在一只矫健的雄鹰脊背上，两山是雄鹰的翅膀，它不正在扇动着翅膀准备起飞吗？

牛技术员满怀欣喜地对我说："你看，那浅绿色和绿色岩石是志留纪地层，紫红色是泥盆纪地层。沿着柴达木盆地边缘，有绿岩系，有断裂带，造成了铅锌成矿条件。和石油不一样，这里构造断裂，背斜破碎，有大理岩、绿岩，说明是一座富矿。找铅锌矿，构造是越破烂越好呀！”

他笑了，咧开大嘴笑了。这个平时不肯多笑的青年，这一阵怎么笑得这么爽朗呢？从这个最初就在铅锌山上从事勘探活动的技术员身上，你会感觉到一种多么得意和自信的感情呵！

勘探者的这种感情是特别动人的。我们已经看到，他们为了探明铅锌山，在空气稀薄的高寒地带，住土屋，吃苦水，出入阴冷的黑峒，攀登陡峭的险路，忍受着多少煎熬！他们又为了尽快地探明铅锌山，从手铲到机械，采用了测量、地质、化探、物探、钻探、挖峒和山地坑道等方法，为国家寻找着开发资料！勘探者的作为，只就目前成果看，已经证明这是我国一座最大的铅锌矿山，她的储量之大可以和世界上一些大型矿藏媲美！

朋友，当你晓得了这一切，心里作何感想呢？你不是会对勘探铅锌山的人们怀着一种感激的心情吗？昨天，铅锌山，只是被几个地质人员了解；今天，她已被柴达木和青海人民知晓；明天，她就要成为全国人民的美谈了。

这天晚上，我们又在山上的土屋聊天。人们谈着今天，更谈到将来。将来，不久的将来，这里就要出现一个铅锌冶炼基地。那时候，柴达木盆地的铅锌，将要大规模地运往全国，加入社会主义工业化的洪流。我还认识这里一个司机，他非常热情，凡是接送来往山上的客人，总要对你说：“你再来吧！再来，我们山里就有城市了，一座最美的铅锌城市！”

我怀里装着一块铅锌矿石。当我揣摩着它的时候，觉得这位司机的话，是一句非常现实的预言。不久的将来，柴达木盆地就要出现一座灿烂而又独特的铅锌城市了！

1957 年 9 月 12 日，大柴旦

姊 妹 湖

在昆仑山下，一个黄昏，我曾经和一个筑路工人，行走在格尔木河畔。

他留着一撮短胡，扛着一把头已磨损的铁锹。他身着褪色的军装，上面有五六块补丁，而且肩膀和膝盖上的补丁，已露出了片片棉絮。他转动着炯炯有神的眼睛，大步大步地走着，显得雄健，豪迈。我们谈起了柴达木，谈起了筑路生活。他说过的一句话，时刻在我的耳边鸣响。那是他摸了一下短胡说的：

“我差不多把柴达木跑遍了。依我说，柴达木，宝贝多，风景好。谁没有瞎了眼，就不会说瞎话。要不信，朝前走着瞧吧！”

确实，朝前走，四处望，柴达木真是一个宝贝又多、风景又美的盆地。

这位工人所在的格尔木，有一十字路口，只从他北面的一条格敦路走过来，我们已看到了浩大惊人的察尔汗盐湖，和举世无双的盐桥。现在，跨过盐桥，又看见了闪着红绿色彩的铅锌矿山，这就是我国目前发现的最大的矿山。我相信，曾在盐湖、盐桥着了迷的人，一旦钻进铅锌矿峒，看见灿灿放光的宝石，也一定会更着迷，会喜欢得不得了。

这时候，我们绕过了铅锌山。突然，眼前闪过来一条亮晶晶的光带，我们已来到巴戛柴达木湖岸上了。

巴戛柴达木湖，带着一种妩媚的风姿，漫游在一片绿色的草原上。她迎着东来的风，舒展着苗条的手臂，掀起了柔波细浪。她开阔，明朗，辉映着铅锌山，好似一条银色项链，挂在山的胸脯上；又好似依偎在山的怀中，正在窃窃私语。看吧，铅锌山是那么峻峭、傲慢，可是在湖水里，却显得意外的清朗温顺了。

雄鹰，在湖空翱翔，花鸟，在湖空歌唱。

湖岸草丛里，有数颗流星闪烁，那是白色的帐房。一群群褐铜色的牦牛，摇着粗大的尾巴，在草地上相撞、乱窜。而一群群可爱的白羊，仿佛天上的一团团白云，在缓缓地飘流，在安详地啃草。蓦然，湖中央，又倒栽起一串串骆驼影子，抬头看去，铃铛叮咚，一个身披翻领老羊皮袄的驼夫，哼着号子，正拉着一队骆驼在铅锌山脚走过。

这时候，湖畔大路上，又走过来一伙人。前面，一个头戴黑色尖帽的哈萨克族老人，留着两大把花白胡须，骑在一匹青色高马上。老伴骑着一头驮着四五捆货物的牦牛，围着宽大的黑绒盖头，紧跟在大青马的后面。落在最后面的是两个哈萨克族少女，一个骑着棕色马，一个骑着银色马，一个穿着镶着黑边的红长袍，一个穿着镶着蓝边的绿长袍。她俩脸面黑红，健美，紧拉着马缰绳，并肩谈笑，并肩同行。当我们从她们身边走过的时候，她们爽朗地笑着，挥手致意。

我正贪恋着巴戛柴达木湖岸的景色，同行的青年司机拍着我的肩膀说：

“这里叫小柴旦。有一个驼场，专门养骆驼的。湖岸那些帐房，就是他们的住地。离湖不远，一面是铅锌山，一面还发现了煤矿哩！”

巴戛柴达木湖两岸多么富有呵！把这位司机说的和柴达木一位党委书记说的加在一块，那就是：这里有草原，有骆驼，有牦牛，有白羊；这里有铅锌，有煤矿，有农田，有滑石粉，还有石油地质构造。你不看在湖岸不远处，一部全身裹着帆布罩衣的小钻子还正在钻进吗？今年，这里的驼场、农场要大发展，人们准备超过往年的速度，在湖岸扩大耕地，兴修水利；经营草原，繁殖牲畜；而且争取在最短时间内，生产的粮食、肉食和菜蔬，供应勘探铅锌、石油和煤矿的人们食用！

但是，不久以前，这里是荒芜一片，无人过问。湖水低吟着，草原垂着头，铅锌、煤矿沉睡在山里。只是最近两年，拓荒者来了以后，湖和草原，才抬起头，山，才苏醒了。拓荒者在这里创造着社会主义生活。难怪站在我身边的司机，要特意把他在湖畔照的相拿给我看了。那成千成万来柴达木的人，哪一个路过这里，不向巴戛柴达木湖投去钟情的一瞥！

白云，在铅锌山巅游荡，微风，吹起湖水一片涟漪。我望着这山，这湖，想象飞翔了。千万年来，山湖互相辉映，创造着宝石、草原，酷似一对恋人。它们和戈壁滩的严寒、暴风，搏斗了多少个回合，多少个年代了？然而，它们顽强、勇敢，总是赢得了春天、朝霞和月夜；今天，它们又终于赢得了拓荒者的喜爱。于是，铅锌山敞开了胸怀，巴戛柴达木湖唱起了温婉的歌，显得比任何时候都要矫健，美丽，闪烁着媚人的色彩。

朋友，谁能够说柴达木盆地没有好景致呢？

我觉得，巴戛柴达木湖岸的情景，引人迷恋。

沿着湖畔大路，我们继续向前赶路了。迎面，又遇见一座山，巍峨险要，呈铁黑色。

“绿梁山！”司机用手一指，快活地说，“知道吗，前两天，地质队在山上发现了铬铁矿哩！”

“你倒知道得快呀！”

“嗨，成天钻山嘛，这号事，谁不关心？”

确实，前两天，不，就是今年中秋节，我在柴达木一位党委书记那里，也听到了这个消息。铬铁矿是一种珍贵矿类，自从开发柴达木以来，拓荒者爬了许多山，总想找到铬铁，可是，一直没有找到像样的。今年中秋节前夕，人们终于在绿梁山上找到了。据说在十五公里范围内，起初发现了四五个矿体，以后又发现了十多个矿体，而且储量大，品位好，范围还要扩大。我国工业建设正缺少铬铁矿，这个消息好极了。自然，当我们爬着绿梁山的时候，心里极其快活，就不由得要把这铁黑色的山冈，多多看上几眼。谁能够说，不久的将来，这座山不会成为我国一座出名的铬铁山呢？

我们怀着快活的心情，穿过了绿梁山。

突然，一拐弯，山下又出现了一条银色的湖流。

这是伊克柴达木湖。或者，因为黄昏的到来，湖面笼罩着金红色的薄雾，看起来，比巴戛柴达木湖更加鲜丽，炫目。晚霞，仿佛从湖里升起似的，紧贴着绿梁山，又从山巅跃起，纵横飞行，插入天空。霞色，使湖变得更美，她穿行在青绿可爱的草原上，倒映着绿梁山峰，好似一条金红色的飘带，在山的肩头上缭绕。山，在湖水里显得更其清秀明亮。这黄昏里的湖光山色，又好像一位高明的画师得意地抹了一笔似的，出现了一幅奔放而又壮丽的画面。

湖畔，马儿飞奔着。湖畔，牧人唱着晚归的歌。

在牧人的吆喝声中，在鞭子响处，一群群白羊，向山脚转移着。五六个骑着马儿的蒙古族兄弟，缓缓地行走，大声地嬉笑，跳过了小河，转入湖畔帐房去了。但是，湖畔大路上，一辆一辆大卡车，仍然扬起万丈黄烟，疾驶而过。一队一队拓荒者，风尘仆仆，向盆地深处挺进着。湖畔多不宁静呵！

“这里叫大柴旦。”司机把头扬了一下说，“柴达木的各种大机关、大公司，都在这里安家。你看，湖畔那么多土屋、帐房，有十里长，够得上一个大市镇了！”

确实，湖畔从东到西，盖满了土屋，搭满了帐房，呈长条形状，犹如天上的银河。这是中共柴达木工委和行政委员会的所在地。这里，来往行人不断，车辆络绎不绝。这里，洋溢着欢乐的气氛，充满创造的美感。一年以前，这里什么也没有，一年以前，这里凄凉一片。绿梁山上没有地质家们的足迹，没有发现铬铁矿的时候，不过是一座秃山而已。伊克柴达木湖，只是被拓荒者赏识以后，才出现了农场、耕地，草原上才有了牛儿、马儿、羊儿。只是一年光景，伊克柴达木湖畔就发生惊心动魄的变化，成为柴达木政治、经济和社会主义建设的中心了。

一位地质专家，住在湖畔，曾经为大柴旦写过这样一首诗：

辟土疏泉手创成，
春风十里帐篷城；
今日绿梁山前住，
雪岭明镜倍有情！

地质家“有情”是可以理解的。哪一个人不珍贵自己手创的事业呢？现在，从绿梁山走过来的千万拓荒者，哪一个不喜欢伊克柴达木湖，哪一个人不想在湖畔憩上一夜，饱赏一下山湖风光呢！

伊克柴达木湖畔的情景，引人深思。

“喂，你看这条湖好吗？不要表面看事，其实，这条湖和前面那条湖绕山连在一起哩！”司机有点神秘地说，“今晚，咱们就憩在湖畔上了！”

我行走在草地上，回望着湖光山色。

我觉得，柴达木的山湖美极了。我又想起了昆仑山下那位筑路工人的话：“柴达木，宝贝多，风景好。谁没有瞎了眼，就不会说瞎话！”今天，我们看见的铅锌山和绿梁山不是两座宝贝山么？巴戛柴达木湖和伊克柴达木湖不是两个宝贝湖么？我不想拿它们和名山名湖作比，它们是以自己独特的风姿，挺立在柴达木，挺立在祖国的大地上。这两座山，势必要给祖国的工业立功。这两个湖，好像柴达木的两只眼睛，始终闪烁着热烈的迷人的光芒。如果比喻的话，让我们称呼这两个湖为姊妹湖吧，她们一草相连，一水相通，并肩在柴达木盆地漫游着。

朋友，你要来到柴达木的时候，不要忘记看看姊妹湖，也不要忘记把铅锌山和铬铁山拜访。因为，我只是来到柴达木以后，才不由己地把柴达木的山湖赞美！

1957 年 9 月 5 日，大柴旦

伊克柴达木湖畔

一

天气明亮，燥热，柴达木的八月是一幅绮丽多变的景象。

我望着大戈壁滩海市蜃楼的幻境，乘车穿过了浩瀚的察尔汗盐湖，爬过了森严的铁石关口。于是，眼前又是另一番天地。这时候，最先映入眼帘的是一条温存的湖流，她好像一位如银似玉的少女，正在一片绿色的草地上穿行，似在思慕着什么，又似在追恋着什么。这就是著名的伊克柴达木湖了。

伊克柴达木湖对面，是达肯大坂山。这座山雄壮，突起，海拔五千多米；你离得老远，就能瞭见银雪披顶，冰川闪烁。同时，沿着湖畔，山作屏障，又涌现了许多黄色和红色的土木屋子，白色和绿色的帆布帐房，它们形成了长条形状，有十里路，好像一长列负载重重的火车，正在山湖中间驶过。沿路，你可以看见，这里是柴达木汽车运输公司、建筑公司，那里是蔬菜、饮食和贸易公司，以及银行、书店和邮电所等等，各种为柴达木建设服务的机构，都在湖畔扎下了营盘。

这里是大柴旦，我来到中共柴达木工作委员会的所在地了。

中共柴工委第二次全体（扩大）会议，正在一间土屋里进行。

这是柴达木一种特殊的土屋，它是用几块薄板、小椽和戈壁滩的沙柳搭成的，显得简陋、粗糙、低矮，走进屋里，给人一种压抑的感觉。而且，顶棚墙壁，泥巴毕露，稍微往墙上一靠，刺得衣服嚓嚓作响，而转过身，肩头上已粘上一层干裂的沙土。虽然，这是新盖的土屋，可是大戈壁空气干燥，被风吹上几下子，墙壁就裂开许多口子了。

但是，就是在这间土屋里，群集着从高山、戈壁、沙漠和草原来的党委书记们，他们一个个风尘仆仆，精神焕发，商量着开发柴达木的大事业。在这些党委书记中间，有最早的工农红军战士，有当年打土豪劣绅的闯将；许多人参加过抗日战争，建设过边区。许多人是从枪林弹雨中走过来的，从暴风雨中走过来的，是拿着矛杆、土枪从山沟里拼出来的。在那些年纪大些的党委书记身上，你不难发现斑斑弹伤，敌人的枪弹曾经在他们的胸脯、腰间和腿上穿过。但是，他们走过来了。这位头发灰白、满脸深刻着皱纹的慕生忠将军，自从跟随刘志丹闹红起，身上已经负了十多处伤；今年一月，他去兰州开刀，才取出了1935年被敌人打入左脚后跟的一块弹片。然而，现在，当人民要建设青藏高原的时候，这位将军又和筑路工人们一起，经历着风险，修通了高寒地带的青藏公路。

确实。在每一个党委书记身上，都能找到许多出生入死的斗争故事。然而，现在，这些书记们被豪迈的建设生活所吸引，已全身心投入和大自然的搏斗中了。为了开发柴达木盆地，他们放下了自己熟悉的工作，从四面八方来了。他们来到一个什么地方呢？这是一个千年荒芜的戈壁地带，万年无人过问的沙漠地带！一切的一切，都要从头做起。一切的一切，都要白手起家。显然，这并不比创建政权或带兵打仗轻松多少，而且更加复杂，需要更多的学识、智慧和创造的精神。但是，仅仅在两三年内，他们和勘探者一起，已经在柴达木打了许多漂亮仗，给祖国寻找到了油田、铅锌、碱盐、铬铁、煤矿、金银，等等。这时候，他们正在土屋里绞尽脑汁，还研究着怎么少花钱、多办事，怎么又节约、又增产，怎么多快好省地建设柴达木呢！

或者，因为这个缘故，当我走进土屋的时候，倾听这些党委书记们的谈话，这些拓荒者的美妙理想，就觉得这幢土屋是火热的，好像一座熔炉似的，迸射着火花。不管哪一个人，他们都希望自己经营的油田、矿山、修的路、开的荒地、种的菜、放的羊和养的骆驼，能够更好地发展。然而，这一切，都是从无到有，新建立起来的。拓荒者竟然在千万年无人过问的戈壁沙漠建设起了社会主义，这难道不是一种空前豪迈的事业吗！

二

“柴达木，这真是一个宝贝千万的盆地呀！”

中共柴工委书记扬起眉，挥着手，说得非常有力，满含着感情。这些天，他开会够忙的了，等会和这个书记讨论怎么降低工程成本，等会又和那个书记研究如何经营草原，繁殖马、羊、牦牛、骆驼，又如何改良戈壁土壤，播种小麦、萝卜、白菜……可是，他永远也不疲劳似的，时常半夜半夜不睡觉。然而，他怎么能不疲劳呢？深夜，累极了，倒在床上一睡；早晨，一爬起来，眼睛剧痛、模糊，看不清东西。他为了抵抗疲劳，时常抽空参加体力劳动，用他的话说："一劳动，一身轻，有点伤风感冒也治好了！"

这时候，他刚参加劳动回来，一面揩着汗，一面领我走进了他的家里。他的家是两间土屋，和开会的土屋是一样的材料搭成，只是又小又窄。里屋是寝室，摆着一张床铺和一个小柜子；外屋是办公室，放着一张桌子，一个长沙发，两三个板凳。看起来，摆的东西不多，却已把两间土屋塞满了。

"柴达木，住下来，就不想离开，心里觉得畅快得很！"

他坐下来，顺手抹去从屋顶掉落在桌上的泥巴，然后又站起来，在土屋踱着步子。

"有人说柴达木荒凉不堪，尽是戈壁沙漠，人怎么能够生存下去？可是，来到柴达木的人，把柴达木看成宝地！人不但要在这里生存，而且要在这里创造社会主义生活哩！"

他说着，快活地笑了。这位书记的话语，发自内心深处，听起来非常感人。接着，他谈起了柴达木的富源说："柴达木不但有石油，还有许多珍贵矿产和各种土特产，可以发展重工业、轻工业、畜牧业、农业、水利和交通运输业！

"拿农业、畜牧业说，目前已发现七十多万亩可供耕种的土地，一千一百多万亩草原。你算算账，我们可以建立多少农场？多少牧场？如果十五亩草原养一只羊，那么，我们不是可以养六七十万只羊吗？我们已有十多个农场了，生产的蔬菜、肉类，可供各地区勘探人员食用。我们准备大发展，争取七八年以后，吃的穿的，全盆地达到自给自足！”

他说得多么豪壮，多么使人激动呵！

接着，这位书记顺手拉过桌上的算盘拨弄着，算起细账来了。他说："柴达木有成百成千的车辆，可是，有运进来的货，没有运出去的货，时常看见放空车，这是个大浪费！从北京开往兰州的火车，来回都有旅客，这就不会赔钱。我们盆地可利用的资源很多，有食盐、干草、硼砂、野麻、大黄、火碱、滑石粉……哪一样拉出去都可以挣些钱回来！生产一吨盐七块钱，运费吨公里一毛五，拉到甘肃峡东，可以挣六十元；一辆车拉六吨，算一下，六六三百六十块钱，我们为什么不拉呢！利用回空车，花钱少，有销路，收效大，又能降低成本，赚回运费。粗粗一算，一年，光运费就能节约五六百万元！

"戈壁的野麻，长得好，据说可以织凡尔丁衣料，这在我们盆地有好几百亩！”

柴工委书记说到这里，从桌上拿起一个小瓶子，递给我看，里面装着一滴水银，一闪一闪地转动着。"这是在唐古拉山找到的。”这时候，我才发现，他桌上摆了许多东西，还有一瓶硼砂、一瓶原油、一瓶滑石粉。墙角还竖着一捆新割的麦子。

他带我走进里屋，从柜子里，又拿给我看了一块煤、一块火碱、一包干草、一包大黄……忽然，他又拿出来一块透明闪光的东西，有一块砖大小，好像蓝宝石。我接过一看，原来是柴达木的一块蓝色水晶盐。"你看，柴达木不是尽出宝贝吗？”

柴达木尽出宝贝，这位书记的土屋也装满了宝贝，简直变成了一个宝库。在他的土屋转上一遭，你就能晓得柴达木是多么富有。

同时，也能感到土屋主人的感情，和柴达木联结得有多么紧密。我觉得，当这位老共产党人说着“柴达木的事业是一番好事业”的时候，在他的胸怀里闪烁着一颗金子的心！

这里，我还遇到了另一位工委书记。他是老红军，参加过万里长征。敌人的枪弹曾经在他的脑门擦过，在他的左肩穿行。他也非常乐观地说：“经过几年的勘探，完全可以说，柴达木是一个多金属的盆地！”

“拿石油来说，1954年认为有希望；1955年有很大希望；1956年确有希望；今年是钻钻有喜，百发百中！”

“现在，全盆地的公路已有三千七百多公里。建筑面积已达到三十万平方米。我们现在有三万二千多只（羊）头（骆驼）匹（马），明年，我们准备超过三年的速度，达到十万只、头、匹！”

“盆地开发三年多了，一年比一年深入，一年比一年复杂，这里最主要的是要竖起长期开发和建设柴达木的思想！”

他还非常感慨地说：“甘肃河西走廊，有我们老祖先工作，干了几辈子。可是，我们只干了两三年，柴达木就大变了。我对盆地很有信心。这里的事业很大，我们这辈子办不完，下一代还可以继续办！”

我觉得，这句话表现了柴达木人们生活和斗争的精神。我们这一代人，是怎么热爱着柴达木，怎么改变着大沙漠和大戈壁滩的面貌！这真可以称为是一种伟大的创举！伟大的事业！

与会的党委书记们，现在已走入高山、沙漠、戈壁和草原，继续和大自然搏斗了。让我们祝福他们获得新的胜利吧！

三

今天是 1957 年中秋节。

我一早起来，从铅锌矿山下来，乘车驶入了戈壁滩。天空碧蓝，白云飘游，朝阳辉映着柴达木的大地。天气好极了。下午，太阳一偏西，我又回到了大柴旦。

在吃晚饭的时候，我又看到了柴工委书记和委员、部长们，他们都喜形于色，围着饭桌，你一句，我一句，谈得非常热闹。柴工委书记笑眯眯的，眼睛合成了一条缝，他又说又笑，谈得正起劲。什么事情使得人们这么兴奋呢？看样子，并不像谈日常趣闻，似有什么重大的喜事激动着人们。

“你还不知道，马海打出油来了！”柴工委书记说。

马海出油，这真是一件震撼人心的喜讯！马海是勘探者发现的一个大储油构造，人们都对它怀抱着极大的希望。现在，马海终于打出油了，怎么不使人们感到快慰！

我胡乱地吃了点饭，跟着柴工委书记出来，很想知道这个喜讯的来历。他仍然笑眯眯地说：

“今天一早，我刚起来，‘六三二’普查大队一个人来了，他送来一瓶原油，说昨天半夜，马海钻井队传来消息，中深探井打到了油砂层；他拿来的这瓶原油，就是昨晚打出来的。”

我一走进土屋，就发现这位书记桌上，又多出了一个油乎乎的小瓶；拿起一看，原油还在瓶里冒小泡哩。

这位书记又快活地说：“大家都关心马海，马海一出油，打起井来，成本又小，又有四近：离煤近，离水近，离菜近，离路近，你说好不好？”

自然，好极了。

“还有哩！‘六三二’队的人一走，鱼卡地质队的一个人接着来了。”他又从桌上拿起一块石头说：“绿梁山上找到了铬铁矿，发现了四五处矿苗，矿化带长达六公里；他们在继续追寻，估计范围还要扩大！”

我看着这块石头，是褐黑色，块虽不大，可是很重，中间还夹杂一些晶亮的小点，它就是铬铁矿石呵！在柴达木盆地，勘探者为了寻找这种珍贵矿藏，翻了多少山，越了多少岭？今天，也终于找到了。

“还有哩！下午，去冷湖的人回来了。”他又指着桌上一大块结晶盐说：“他们勘察了一下，发现冷湖的盐质量好，五米以下都是盐，最低估计，储量有一亿多吨；我叫去察尔汗盐湖对比一下，回来说和那里的盐一样，可以开采，那我们就可以行动起来呀！”

他还非常风趣地说：“早上，我一起来，就觉得今天天气特别好。果然，今年的中秋节过得最好不过了！”

一天，三个喜讯，这位书记的生活过得真充实呵！

傍晚，我穿过草滩，在伊克柴达木湖畔走着。夕阳，紧靠着山巅，把山照耀得金光闪闪。这座山不就是勘探者发现铬铁矿的绿梁山吗？夕阳，投入伊克柴达木湖中，使湖水变成了一条金色的光带。沿着湖畔大路走出去，不是可以在盆地西部看到马海和冷湖吗？不，冷湖不只是有盐，它还是一个出名的石油探区哩。夕阳多彩，使山湖罩起金红色的雾气。呵，我的心和这山、这湖有多么贴近！

我回望着大柴旦，这好像一长列火车似的城市，在傍晚里显得独特，壮丽。然而，一年以前，这里什么也没有，荒芜凄凉。一年后的今天，土屋和帐房组成一座城市，成为柴达木盆地建设的领导中心了。

天黑了。但是，伊克柴达木湖畔是欢乐的。人们在柴工委的院子里，张灯结彩，相邀对舞，扬起了漫天沙尘。人们怀着从马海、冷湖和绿梁山上传来的喜讯，尽情歌唱，欢度着柴达木的中秋之夜。

1957年9月21日，油泉子

朱夏和“六三二”

达肯大坂山矫健，壮美，挺立在新兴的大柴旦城北面。山上有温泉，有宝藏，山脚是一片片流沙。山的高峰，不管春夏秋冬，始终闪烁着冰川雪光。不管你东来西去，它仿佛是一盏银色的灯塔，指引着拓荒者的方向。

山下大路上，每一天，每一时刻，都有车辆来往，川流不息，使你难以数清。每一天，每一时刻，都有勘探者走过，人人的衣服粘着沙土，人人的脸面扑满灰尘；他们精神焕发，神采飞扬，大步地走入盆地。我不止一次地望着眼前走过的人，他们使人羡慕而又尊敬。我多么想跟着他们去昆仑山挖掘矿石，去沙漠寻找油田，尝受勘探者的欢乐！

在来往的车辆中，你随时可以看见车门上写着“六三二”的字样。在来往的人流里,你随时也可以看到“六三二”的人。“六三二”出没在昆仑山、祁连山和阿尔金山，出没在戈壁、沙漠和草原上。广阔的盆地里，到处都有“六三二”的足迹！

“六三二”，就是中央地质部柴达木石油普查大队。这是一个响亮的代号，是柴达木出名的尖兵大队。

在达肯大坂山下，我曾经遇到许多尖兵队长、工程师和队员，他们整天在大戈壁滩里，东奔西跑。他们的斗争生活，使人向往。我不能忘记，一个傍晚，在一间简朴的土屋里，结识了尖兵大队总地质师朱夏同志。

朱夏是一个持重而又幽默的人。他戴着一顶火车头帽子，穿着一件黑灰色的短外套，近视镜下的一对眼睛，炯炯有神。也许长年在风沙里生活的缘故，他的眼角总是挂着一缕红丝。和他待上一会儿，你还会发现，他有着地质家们那种朴实豪放的性格，同时又有着一种强烈的诗人的气质。

在这位地质家的身上，还有一件突出的东西，就是他那双又笨又重的老黄牛皮鞋。这是1949年从瑞士带回国的，他又给鞋底钉满杏子大小的钉子，使鞋特别笨重，一只足有十斤。看样子，他大概准备穿一辈子。干地质这一行的人，都准备着几双能走戈壁、爬高山的翻牛皮鞋，可是，却很少看到他这样笨重的鞋。但是，他非常欣赏这双鞋，称它为“铁鞋”。自然，这双鞋给了他许多好处，他穿着它走遍了祖国广大的土地。这几年来，他穿着它，一直在新疆天山和准噶尔盆地跑着。1956年，他又穿着“铁鞋”到柴达木盆地来了。这位地质家很会作诗，每走一地，都要写诗。当他再次告别了远在南方的爱人，到柴达木来的时候，他即兴写道：

君向江南寻织女，
我来荒漠学牵牛；

灵梭看展漫天锦，
铁钻能开彻地油！

当他步入青海高原，爬上驰名的日月山的时候，又诗兴大发，挥笔写道：

日月山西草未苏，
落霞明处觅征途；
“铁鞋”不拭天山雪，
再踏严霜入冷湖！

于是，这位地质家和勘探朋友们一起，穿着“铁鞋”在“千丘万壑茫如海”的盆地里，“渐惯高寒耽夜坐”“笑挥玉斧斗南山”了。他翻山越岭，真所谓是“山径石理商量遍”，从而，也觉得“雪岭明镜倍有情”了！

在我们相遇的夜晚，他谦虚而又满含深情地谈起他和尖兵大队的活动。

千百年来，柴达木是一个人迹罕至的神秘世界。1954年，当第一支进入柴达木的勘探队，在西部发现了一些良好的储油构造的时候，这个消息一下子震动了石油界。人们对这个荒凉而又广阔的处女地带，产生了浓厚兴趣，寄予极大希望。于是，1955年，地质部就派这支尖兵大队来了。那时候，柴达木除了西部做了些工作以外，整个盆地仍可以说是一片空白，而且没有一条道路，没有一户人家。地质尖兵就是开路人。朱夏和尖兵们从青海西宁誓师出发，浩浩荡荡地向盆地挺进了。当祖国迫切需要石油的今天，有什么艰难险阻可以挡得住尖兵们前进的步伐？

一群群初出茅庐的大学生，一伙伙年轻力壮的工人兄弟，怀着对祖国的爱，怀着雄心大志，骑着骆驼，乘着卡车来了。不管白天黑夜，不管风沙袭击，穿过野谷，越过荒山，他们英勇地向盆地深处冲击着。尖兵们不知吃了多少苦，受了多少煎熬，终于闯出了一条条新路，在盆地西部会师了。他们发现了七八十个地质构造。当这些尖兵们用青春探索着柴达木的时候，当英雄们抓起一块块油砂、地蜡的时候，他们的内心该有多么快乐！虽然，他们在攀登险山时摔跤了，跌伤了，脸面被砂石刺破了。他们被戈壁的暴风撕烂了衣服，砾石磨穿了鞋底。他们甚至经常吃不上饭，喝不上水，把石头含在嘴里解渴。然而，他们内心浮动着多么幸福的感情，他们为祖国做着多么好的事业呵！

这里流传着地质尖兵们穿“自造钢底鞋”的故事——他们长年在戈壁里跋涉，鞋底磨穿了，就利用吃过的罐头盒，砍成片片，绑在鞋底上，继续前进。这里也流传着英雄们穿“活动袜子”的故事——他们的袜子穿烂了，就利用破衬衫，撕成片片，裹在脚上；可是走一阵，裹布溜脱了，所以叫做“活动袜子”。只从这两个小故事里，我们不是也可以看出尖兵们生活的艰辛和他们顽强的斗志吗？然而，最可贵的是，尖兵们为柴达木的石油事业，开辟了一条广阔的道路，画出了一幅美好的远景！

这两年，朱夏和尖兵们，在柴达木继续追踪着构造，追踪着石油。去年，他们完成了盆地五万平方公里的工作，做了二十万分之一的地质图。今年，他们计划完成六万平方公里。

“不，我们准备超额，完成九万平方公里！”朱夏有力地补充说。

朱夏和“六三二”的足迹，遍及柴达木。他们的普查面积已达十四万平方公里了。他们总是奔跑在没有路没有人烟的地带。谁要想找一个尖兵小队，时常要费许多周折；甚至大队派人要找小队联系，也时常迷路。但是，尖兵们的工作喜讯，却不断地从荒山、沙漠和万丈高山上传来。六七月，在祖国的南方，还是炎热的夏天，可是尖兵们却紧裹着老羊皮袄，在高山冰崖上工作。爬冰崖是危险的，他们一早去冰崖工作，中午就要赶快下来，因为天一转暖，冰崖就会塌下来的呵！

“爬高山，上冰崖，还有不摔跤的吗？”朱夏激动地说，“许多人，摔了跤，掩盖起伤口，不叫同志们发现，继续工作。有一个小队长，他的手臂都摔脱臼了，还不让人知道！”

地质尖兵们就是这样工作着。

我来这里不久，勘探者中间还流传着“六三二”在唐古拉山地区，发现油苗和构造的消息。我问起朱夏，他却婉转地说：“那里有两个小队工作，找到了一些中生代的构造，发现了一些可能的油砂，只是初步做了点工作，还不能做结论！”接着，他又风趣地说：“这个地区，海拔四千米以上，如果证实是一个油田的话，从欧洲、美洲、阿拉伯到全世界，它将是一个地势最高的油田！只是汽车开不进去，得骑上牦牛去！”

“你骑牦牛行吗？”

“骑牦牛，老资格了。1940 年从大学出来，在西藏、西康跑地质，就骑上牦牛了。”

尖兵大队的喜讯很多。今天，我在柴工委书记那里，还听到马海探区出油的消息。我问朱夏，他立即激动起来："是呀，出油了！早先打了两口井，只出水，不出油，第三口井，终于出油了！"

天快黑了。我和朱夏走出土屋，看见"六三二"许多尖兵同志，还在达肯大坂山下散步。路过大队食堂的时候，我闻到一股浓烈的酒的味道。原来，尖兵们刚才在这里聚餐，庆贺马海出油哩。难怪朱夏脸上也泛着红晕，有一股酒气。

尖兵们喝的是快乐酒。快乐，喝酒是不容易醉的。

1957 年 9 月 24 日，油泉子

冷湖的星塔

谁只要来到柴达木盆地，谁就会发现这是一个真正的英雄们的去处。勘探者的汗珠，渗透了大沙漠；勘探者的足迹，征服了大戈壁。于是，你所到之处，都有吸引人的新事物，给人以强烈的创造的美感。

昨天，我们和石油局长、朱夏总地质师一起，亲眼看见生活在沙丘中的钻探工，打出了原油。今天，我们又怀着新的向往，向柴达木驰名的冷湖探区驶去了。

太阳把戈壁滩照耀得光彩炫目。三部小吉普车，扬着沙尘，在戈壁里滚动着。

可是，不一阵，满眼又是风蚀残丘，森严林立，仿佛进入了荒古世界。然而，当朱夏说“这里边有我们的钻探队”的时候，人的心情就释然了。而且，我们正是在勘探者发现的许多储油构造的中间使行着。这时候，难道你不想睁大眼睛，在风蚀残丘里探索些什么吗？

吉普车穿行在乱山残丘中，忽上忽下，好像小舟在波浪汹涌的海洋里荡漾着。半天，我们终于发现了丘陵上空的炊烟。接着，又隐约地听见了机器的吼声。我们拐了一个弯，又一个弯，不知拐了多少弯，最后才拐入一条荒谷里了。

瞬间，我觉得好像来到世外桃源似的，荒谷充满人的喧嚷声，钻机的隆隆声。虽然，荒谷四周，尽是千座万座残丘，可是，那竖立在深谷里高大的井架，和夹在谷里的七八顶帐房，和工人们忙碌的情景给人以意外地欢乐的感觉。

我疑问起来，荒谷里怎么没有看到冷湖呢？人们说冷湖是一个大探区，怎么只看见一个井队呢？

朱总笑着说："真正的冷湖在前头哩，这里只是冷湖一个构造！"

那就是说，冷湖还有许多个储油构造。

我们从风蚀残丘里钻出来，奔上了大路。当车子飞下一道斜坡的时候，眼前是一片黄蒙蒙的天地，辽阔浩大，一望无际；大地铺满了细碎的石子，黑亮黑亮，平坦极了，好像大自然特意在这里装点了一座大广场似的。车子在这样的戈壁滩驶行，太舒畅了。

"这一路，都是冷湖构造，连成了一片。"朱总指着前方说。

可是，车子跑得飞快，向窗外望去，只见平滩，不见山岭，构造在什么地方呢？不一阵，车停下来了。这时候，大家跳下车，向前仔细眺望，才发现了一长条起伏的山岭，好似一朵朵浪花，从东向西，排向远去。再仔细看，发现山浪中仿佛站着一个个巨人，还在走动着似的。

"看见井架了吗？"朱总指点着，眯缝起眼，瞭望着远处的构造群；掏出了本子，不住地记录着。他又说又笑，非常兴奋。接着，他挥手在天空里划了一下，跳上了车。

风来了。太阳就要落了。渐渐地，戈壁滩灰暗下来了。当我们驱车驶入冷湖探区的时候，天已黑了。

黑夜，看不清冷湖的面目。但是，满山遍野，尽是灯火。山上山下，房屋帐房，排排相连。卡车驶过，扬起一股浓香的油味。人声、喇叭声和钻机的响声，震动着整个大地。我们驶入了灯海里，驶入了一个极乐的世界里了。

第二天，天一亮，我们就爬上冷湖的一座山丘上。

登高眺望，冷湖的构造群，好像一个个黄色大波，向天边滚滚而去，显得气势磅礴，动人心魄。周围一座座沙丘上，一道道沙洼里，布满了井架，仿佛是一片大树林。通往许多井场的条条道路，形成了网状。水罐车、洋灰车和器材车，来往不绝，掀起了漫天沙尘。一片沙洼里，已由无数座活动房子、帐房，组成了一座沙洼之城。荒芜的戈壁和沙丘里，竟然发生了这么壮丽的变化，使人不能不感到惊奇！

可是，那驰名的冷湖在什么地方呢？

朱总笑着说："你看，基地旁边不是冷湖吗？"

侧头看去，在金色的朝阳下，闪过一道刺目的光亮，冷湖在戈壁的大气中，昂着洁白的面庞，眨动着晶亮的眼睛。我们向冷湖走去了。

可是，通往冷湖的路，已被来往的车辆，压出了深深的壕沟，沙土又厚又虚，车子一开过去，沙土飞卷起来，犹如倾盆大雨，扑面而来。等到了湖畔草滩上，我们都变成泥人了。然而，冷湖却给人极大的欢欣。湖水清朗如镜，映着蓝天。湖畔长着野麻和芨芨草。

虽然，湖水苦，不能吃，吃了会拉肚子；可是，湖畔丛生的野草，在风沙里长得葱绿、可爱。在缺水缺花的戈壁滩里，这湖，这野草，也能给人快慰哩！

湖畔不远处，有两部小钻机像两头小狮子似的吼动着。钻机不远处，一片滩地上，突起一个沙包，朱总领我们去看。他用地质锤一挖，挖出黑糊糊几大块油砂，用手抓起来一嗅，油味呛人，充塞鼻腔，使人不由得对冷湖更加了一层热爱。

然而，最使人激动的是，我们拐回冷湖高点的时候，发现了一条油乎乎的沙沟，油气腾天，浓烈袭人，好像原油曾经从地下冒出，在沙沟里流过。

我们走入沟底，果然，在一片油污的沙地上，发现一根铁管，插入地下，这不是打过井的痕迹吗？而且，铁管旁边，又有一个小坑，坑里还残存着墨绿色的原油。

朱总在沟里转了转，停在小坑跟前。他非常快活地眨着眼，“这是冷湖第一口井，去年四月开钻，打了三百多米，喷油了！”

他在小坑边圪蹴下来，用手指蘸了一下坑里的原油，举到眼前，看了又看，笑容可掬而又深情地说：“在地质图上，这口井，应该用红笔划上！”

确实，这口井太值得用红笔一划。不正是这第一口喷油浅井出现以后，冷湖才大规模地开始了钻探和建设的吗？

我望着油污的沙沟，脑海里记下了井场的形象。我相信，即使这里盖起了房屋、大楼，那些曾经在这里辛勤劳动过的钻探工人们，也仍然会认出它来的。朱夏同志曾经不止一次地在这里奔走过，他为大队的钻探工人们打出油所激动，还写了一首非常热情的诗哩：

黑龙破地挟雷霆，
黑雨离披彩色明；
好化穷荒成沃壤，
不须天上乞甘霖！

可是，这时候，他却显得很平静。一到晚上，吃饭的时候，他邀大伙和他一起喝酒。喝过酒，大伙很累，都睡觉了。他却一个人，走出帐房，迎着戈壁寒风，在冷湖探区的大路上漫游。很久，他回来了，一掀开帘子，就嚷着说:“嗨，你们怎么不出去看看，冷湖之夜，美极了！”

这位地质家的心境是可以理解的。冷湖许多构造是他们普查队发现的，第一口喷油浅井是他们钻井队打出来的；他在这里跑过许多次，住过许多次，焦过心，伤过脑筋。现在，冷湖山上山下，到处是井架，已成为柴达木一个驰名的石油探区，他的心里怎么能不快活呢！

朋友，冷湖之夜，确实美极了。当你走出帐房，在探区走着的时候，天上布满了星座，大地上布满了星塔。天上地上，星星相互辉映，连成一片，组成一幅奇异绚丽的夜景。你听，大沙漠里有多少钻机吼动着；你看，又有多少钻探工在星海里操劳着。

钻探工，英雄的人，正是他们在冷湖创造着奇迹，打了一口井又一口井，一个喜讯接着一个喜讯。勘探者辛勤的劳动，将在这里赢得一个油田！

我晓得了这一些，就更加喜欢冷湖。我觉得，出现在大戈壁滩的冷湖的星塔，是特别壮丽的，迷人的。冷湖的星塔，在我的记忆里永远光明，难以忘却！

1957年9月26日，茫崖

沿着阿尔金山驶行

当我们在柴达木盆地一段红色路面上驶行的时候，迎面遇上了阿尔金山。

记得，1954 年在柴达木西部，我们瞭望阿尔金山的时候，觉得她迷蒙、遥远，可望而不可即。那时候，简直难以想象，勘探者怎么能穿过杳无人烟的大沙漠走到她的身边。然而，现在，阿尔金山就在我们眼前，她是这么高大壮美，无比英武，令人赞赏不已。勘探者在山脚下，发现了许多储油构造，同时修筑了一条盆地最好的标准的北干线路。自然，在这样的路上走着，畅快极了。

沿着阿尔金山南麓，走了一阵，我们在一座沙丘上停了下来。

可是，刚一下车，就碰上了大风，逼得人睁不开眼睛，站不稳身子，耳旁只听见风吼着，好像命令人们离开此地，不然就要马上卷走似的。

“尝一尝鄂博梁的风吧！”朱夏总地质师笑着说。

鄂博梁，这不是勘探者发现的一排储油构造的名字吗？我走上鄂博梁，可是，风又烈又冷，刺入骨髓，令人难以忍受。已是九月，这里的风为什么就这样冷呢？

我迎着冷风，眺望着远处。呵，广阔的沙漠里，尽是风蚀天地，残丘世界。这几天，我们走过的几个石油探区，都是一个样子，柴达木怎么尽是风蚀残丘呢？而且，鄂博梁的风蚀残丘显得更其险要，阴森。如果一个人走进去，看见狰狞的沙梁，残丘，一定会感到恐怖，迷失方向。朋友，请你不要埋怨我只写风蚀残丘吧！因为，不管这里有多么凄凉，多么阴森，我们的勘探者就在这里生活着，斗争着。而且，他们热爱这种地方，正在这里为祖国探索着石油宝藏哩！

大风怒吼着。朱夏紧拉着皮帽，眯缝起眼睛，和技术员们站在高处，观察着鄂博梁的地貌。他们谈论着构造，不时地笑着。虽然我不懂地质，可是觉得勘探者已经掌握了这些风蚀残丘，而且要在这里赢得油田。你侧耳倾听吧，在鄂博梁的风浪里，不是鸣奏着钻机挺入地层的交响乐么？

乘车离开了鄂博梁，我们又来到了牛鼻子梁。

勘探者根据阿尔金山的一座小梁形状，起了这个名字。这里有一个小站，北干线上来往的人，在荒漠走得疲劳的时候，就在这里饱饱吃上一顿，或美美睡上一夜，然后再向前赶路。

我们走进帐篷食堂，里面挂满了锦旗贺幛。看样子，这是一个非常受人欢迎的食堂。五六个司机同志，围着一张大桌，吃得正香。这里的炒肉片、蒸米饭，都做得适口，吃起来解馋。我们饱吃了一顿，继续向西走了。

“嗨，咱们挖盐去吧！”司机快活地说。

“当然去喽。”朱夏说。

“怎么，前面有盐湖吗？”我问。

“有一个大盐滩，尽是大块的水晶盐，漂亮极了。你不见，这里的路都是用盐碱铺成的呢！”

果然，搭眼看去，路面乌亮，闪着星光。不一阵，车子离开大路，向一片疙里疙瘩的滩上驶去了。滩地宽广，银光夺目，使人迷惑，多么奇异的一片盐滩呵！

“你瞅那些小包，挖下去，就是盐！”

朱夏跳下车，兴奋地说着，提起地质榔头，和大家一起在盐滩上跑开了。

盐滩布满了小小土包。可是有许多小包，都已被人挖过，留下了小坑，堆着小盐块。我找到一个小圆包，急忙用榔头挖下去。可是挖不动，小包坚硬如铁，狠劲挖开一个口子，便发现了晶亮的盐块。再从旁边挖了一下，一大块盐就出来了。我举起一看，晶亮透明，美极了。

瞬间，我想起在柴达木许多党委书记、局长、工程师和工人们的家里，都摆有这种水晶盐。而且，许多人把它作为珍贵的纪念品，赠送给自己的父母、朋友和未婚妻。记得，我在北京看过一个搞地质工作的朋友，一走进他的房门，就发现一副玻璃框里装着一大块蓝色水晶石。当时，我不认识，还以为是什么艺术品。近前看时，他才笑嘻嘻地说：“这是柴达木的盐呵！”

柴达木真是富有，眼看着是一片风蚀残丘，谁知它就是石油的源泉。眼看着是一片寸草不生的荒滩，谁知底下蕴藏着透明的盐体。

朱夏双手抱着一大堆盐，笑眯眯地走了过来，兴奋地说：“我要带回去，好得很！”他和司机同志有经验，挖的都是大块盐。一上车，他还说：“这一带还有红盐，蓝盐，更美，就是不好挖。”

驶出盐滩，迎面是大风山。

“为什么叫大风山呢？”在地图上，柴达木是一片沙漠，从来没有人，也从来没有名字。现在凡是有了名字的地方，都是拓荒者走过以后起的，每一个地名，都含有一段不平常的经历。

朱夏笑起来说：“普查队在这里发现构造的时候，正遇上了大风，以后就叫大风山了！”

可是，站在山外，并不觉其风大，大概山里风大吧。

车子闪过大风山以后，前面又出现了一座座小山墩。墩下有铁皮房子，有帐房，远处又有井架，有车辆来往。当车子拐了弯，爬着小坡的时候，一阵清凉的风，从小山墩上送来了一股硫磺夹油的味道。

爬上小山墩，原来上面又是油砂层，黑的黄的，布满山墩。朱夏举起地质榔头，在墩中间挖了一下，油砂松散，掉下来一堆。这里的油砂太浓，太香了。可以想知，当勘探者第一次发现这个山墩的时候，有多么欢喜。难怪人们给这里的储油构造起了一个非常切合实际的名字——油墩子！

朱夏把榔头横立在油砂层中间，给可爱的油墩子照了相，自然，这将是一张有价值的地质资料照片。

他走下山墩，又领我们去看一个小池。池水澄清，一眼见底。他喊了声：“快看！”大家望着池水，发现池底冒着一串串水泡，好像一串串珍珠似的。“天然气！”

经他一说，我想起四川隆昌圣灯山里，有一条小河，也不住地冒着串串水泡，我和一位朋友，找了一根铁管，顺着冒泡的地方插下去，用火柴在管口一燃，马上就发出天蓝色的火焰，奇妙极了。

当地老乡不知是天然气，称为圣灯。圣灯山是一个出名的天然气矿区，现在，油墩子也有天然气，还有油气显示，人们对油墩子是抱着很大的希望的！

我们驱车直奔茫崖基地。

这时候，一出油墩子，又看见了阿尔金山，它已离我们很远很远了。然而，远看起来，她全身处在晚霞里，显得更加秀丽、动人。我想到，今天沿着阿尔金山所遇到的那些荒山、荒滩，对于一个外行来说，简直看不出什么名堂来，而且觉得盆地太荒凉了。但是，随着地质家们走过，却发现沿路的一切，即便一沙一石，一草一木，都是有生命的，可贵的。勘探者抹去了柴达木的荒凉，他们的作为使人感到尊敬而又自豪！

朱夏说："过两天，我们要到阿尔金山去，研究老地层！"

这就是说，勘探者要更深入地研究、对比柴达木的地层，为更好地开发盆地的石油富源创造条件。

柴达木呵柴达木，我对你满怀着憧憬和希望！

1957 年 9 月 28 日，茫崖

油泉子赞歌

沥青嘴眺望

每天早晨，我总喜欢在沥青嘴漫步。

沥青嘴屹立在油泉子的高点上，仿佛一只展翅欲飞的鹏鸟。我站在这里，可以眺望得很远，很远。在这里，我可以伸出双手，迎接柴达木的朝霞。你看，太阳怎么拨开了云雾，把金色的光芒投向广袤无边的大沙漠里了。

在这里，我还可以看见辛苦了一夜的钻探工，他们怎么裹着油腻的老羊皮大衣，迎着冷风从井场走了回来。也可以看见司机们怎么揉着惺忪的眼睛，抖擞着身子，然后打开了水龙头，灌满了水罐车，又怒吼着向大沙漠冲去了。

这一些情景，时常给我以沉思，幻想。

可是，自古以来，油泉子没有人过问过，暴风是这里的主人。暴风伴随着大地运动，不知猖狂了多少万年，削平了多少座山，尽情地把沙漠灌入盆地，于是，出现在我们面前的只有风蚀的山丘和茫茫的荒漠了。也许，远古年代，这里长过草，有走兽，有小鸟。可是，现在，这里什么也没有，哪怕一根草、一条小泉和一只小鸟。也许，一只苍鹰会从沙漠掠过，但只是掠过而已，也不会在这里停留。偶尔，沙窝里还能发现一些星星点点的沙漠米老鼠的足迹，这种小生物，它一见人，扬起爪子，吱吱哀鸣，随即就钻进沙洞里去了。多么严酷而又荒凉的沙漠地带！

我怎么会忘记，1954 年，一支青年勘探队，吆着几头骆驼，冒着风险到这里来了。他们来了，这在荒漠是空前的。可是，几天以后，骆驼忍受不了沙漠的煎熬，倒毙了。人忍受不了沙漠的饥渴，软瘫了。他们找不到一滴水，一条路。进得来，出不去。就连最有穿行沙漠经验的向导——乌孜别克族老人依斯阿吉，也迷失了方向，不得不跪在滩上，乞求神灵。但是，就在这种困苦的时候，勘探者仍然挥起了榔头，叩问着沙漠。于是，大自然感动了，沙漠里涌现了矿苗、沥青、地蜡，同时又涌现了一个面积大得令人惊异的储油构造。多么震撼人心的发现！这就是说，在这严酷的沙漠底层里，蕴藏着石油的源泉呢。

这支勘探队的队长叫葛泰生，当时，只有二十三岁，长得瘦长，留着偏发，有一对睐动灵活的眼睛，是一个精明、能干而心中又深藏着爱情的青年。他和伙伴们一起，为了生存，为了把地质普查的喜讯带回去，竟然忍受住了沙漠的饥渴、昏迷、严寒和恐怖，终于在发现了骆驼粪蛋以后——一种在沙漠寻求生路的方法，抱着大块大块的矿苗、地蜡回来了。马上，地质大队地质师又亲自带着一支联合普查队赶来了。人们不但进一步地肯定了这个构造，而且，当人们爬上断层隆起的高点的时候，挖掘着那么多油乎乎的沥青，那么多油喷喷的地蜡，怎么会不惊喜若狂，又怎么会不爱上这个地方呢!

于是，人们争论了一番，给这个沙漠构造起了一个动听的名字：油泉子。至于喷着油香的构造高点，人们很自然地叫它：沥青嘴。自此以后，青海省地图上一片空白地方，就添上了一个新地名。在柴达木盆地，谁只要一提起沥青嘴，你就知道是在夸油泉子了。

时间向前飞逝着，日月并没有虚度。

时隔不及三年，从沥青嘴望出去，油泉子那些风蚀的山丘，和茫茫的荒漠上，散布着一座座高大的井架，好像一昼夜间，大沙漠就走来了一个个巨人似的。司机们驾驶着水罐车，沿着新修的沙路，好像大海里的渔船，忽而上来，忽而下来，向井场荡荡而去。在沥青嘴下面，沙窝里埋下了绳索，搭起了帐房。人们既然要在这里生活、创造，那么，这里就有了机修房、水电间、淋浴室和篮球场；就有了帐篷书店、货店和堆满图片、小人书的俱乐部……一个石油探区形成了。

我们的勘探者，就这样一下子抹去了大沙漠的荒凉景象。

也许，正因为这样，我站在沥青嘴上，就觉得沙漠充满了生命力，而且热烈、磅礴、豪放，和浩瀚的大海一样。远远地，昆仑山带着梦幻似的眼睛，向油泉子送去了一缕情意；而北面的阿尔金山，却显出貌似嫉妒的目光，吹过来一阵狂风，袭击了油泉子。瞬间，沙漠里滚动着黄色的风柱。接着，大地飞沙走石，掩盖了天空，逼得人的呼吸都要闭塞了。这沙漠的风来得多么奇突，猖狂！但是，这里没有被风吓倒的人，害怕风的人没有本事生活在沙漠上。你听，就在这阵狂暴的风浪里，仍然从井架那边传来了钻探工人们钻进沙漠的乐曲。

然而，最拨人心弦的乐曲，还是油从沙底喷起的时候。

这一天，我和油泉子探区顾树松地质师、陈技术员一起到井上去。

我们越过了沥青嘴，爬过了一座沙丘，来到油泉子二号浅井。这口井在一片沙洼上，钻井已完工，井架已搬走，钻探工人们已在用通井机通井、清蜡、下油管，为采油创造着条件了。

通井机吼叫着。钻工们抓住油管，放在井孔上，艰难地向下移动。我走到井边，听见井里发出咝咝的声音。顾地质师拉了我一把，突然，“扑哧”一声，一股原油喷出来了。接着，“扑哧”一声，又喷出来了。这种喷油的情景，好像过年放花窝子一样，虽然是油花，不是火花，却更逗人喜欢。然而，钻工们又喜又愁，喜的是原油好像孩子故意逗大人玩似的，停一下，喷一下，停一下，喷一下，让你不能安静地工作。愁的是油管急切下不去，半天，只下去一节，人又不得不拉起来重下，重下的时候，原油又喷出来了。

原油呈墨绿色，从井孔喷出来，抛在黄沙上，阳光一照，琳琅满目。这时候，我眼望着井口，体会了一种幸福的心境，这就是等待喷油的那一瞬间的心境。你心跳着，等待着，突然，油喷起了，你多喜欢呀！可是，它又落下去了，于是你又心跳着，等待着……我的朋友，这原油是我们勘探者的血汗结晶，这原油是从沉寂了万年的荒漠里喷起来的呵！

同时，在浅井不远处，还矗立着油泉子的第一口深探井。

本来，深探井井架就很高大，而在荒漠里看起来，更显得出奇的挺拔、雄伟。1954 年发现了油泉子，1955 年冬季就打井了。那时候，没有路，钻工们要把笨重的井架、钻机运进沙漠，有多么艰难。没有水，要从八九十公里以外的茫崖拉水，又有多么不容易！而且，又要在零下二三十度的严寒中钻进。为了向沙漠索取石油，钻工们打败了严寒，战胜了困苦，从这口深探井上，发出了油泉子的第一个快乐的信号！

站在我旁边的小陈，就是当时这口井的地质技术员。那时候，他才从兰州大学毕业不久，一进盆地，就遇上了这种需要吃大苦的工作。可是，他诚实、厚道。你不要看他默默地，不爱吭声，甚至给人一种拘谨的感觉；然而，他可靠而有毅力，那一对近视的眼睛，还带着一种非常自信的神气哩。他瘦削的脸上掠过了一丝笑容，说：

“深井开钻的时候，天很冷了。可是，我们一打到三百多米，泥浆就有了大气泡，天然气浸很厉害，原油直往外流。我们用 1.54 的泥浆，都压不住，油还是往外流；要是再稍微放轻一点，就要大喷了！”

这口深井打到八百和一千多米的时候，同样有原油从井口喷出来。那时候，柴达木的钻探历史不长，探井不多，深探井更少了。因此，当人们听到油泉子深探井喷油的消息以后，勘探者的快乐是可想而知的。这是油泉子的第一口喷油深井，也是柴达木的第一口喷油深井。当全国人民听到柴达木最初喷油的喜讯的时候，中间就有油泉子这口深井。

这口深井给开发油泉子的人们，带来了希望和力量。现在，它好像纪念碑似的矗立在沙滩上。自此以后，又打了浅探井、中深探井、深探井，一口、十口、二十口。每一口井都见油，用钻工们的话说：“每一口井都见喜！”就这样，一个油田在大沙漠里出现了，人们对荒漠的认识不同了，探区的规模也越来越扩大了。

这时候，当我回望着大沙漠的时候，心里高兴极了。我多么想说，这里有的是奇迹，而不是荒凉。这里是真正的英雄的去处，而不能听信懦夫的谰言！

可爱的勘探朋友

在柴达木盆地，油泉子已经是一个吸引人的地方了。

可是，当你到油泉子来的时候，在沙漠里寻找着，却急切找不到她。然而，你一旦爬上一座沙包的时候，她却蓦然出现在眼前了。那么，你会看见，在一片大沙窝里，集中了探区的党政工团和各种钻井队，搭满了白色的和绿色的帐房。材料车和水罐车来往着，吼叫着。勘探者的歌声、笑声和脚步声，充塞着整个沙窝。这时候，你仿佛看见了一只摇晃着的大轮船，正在海浪中间穿行似的。那沥青嘴昂着头，多么像轮船的烟囱，它掀起了沙尘，牵动着油泉子，已在乘风破浪地前进哩。

夜晚，当你从漆黑的荒漠来到这里的时候，突然，一条星星般的河流出现了，它闪烁着，欢腾着，在沙窝里流转起来，给你以安慰，惊喜。那一座座井架，也挂着一串串星星，散布在油泉子四周；它们在夜色里和天上的星星竞美，又显出一种娇媚的样子，向你送过来一对对顽皮的眼睛。这时候，你怎么会不称赞油泉子，又怎么会不爱上这一片沙漠呢！

我不想隐藏自己的喜悦，我爱着这里的一切。

我觉得，这里的一切，都来得不易，都来得非常珍贵。我也觉得，这里的步子是迈得很大的，她跳动着的脉搏和北京和全国所有地方是一致的。想一想，只是两三年，沙漠就变样了，有了油田了，我们的祖先梦想过这些吗？寂苦的大沙漠怎么就变得豪放了，有生气了？这都是我们勘探者的作为，勘探者赢得了这一切。

在油泉子，你可以深刻地感受到我们人民的创造的魄力。

这里，我和顾树松地质师住在一顶帐房里。

小顾，他是我早在酒泉盆地认识的朋友。我们曾经一起在祁连山下勘察、过夜，在戈壁滩苦恼、欢乐。现在，我们又在柴达木的大沙漠里相遇了。

这顶帐房是小顾的寝室，又是他和技术人员的办公室。帐房后面，摆着我俩的床铺。中间夹着办公桌，他在上面堆了许多东西，又是总结、资料、图纸，又是电话机、俄文课本和一大堆书籍，我看着有些乱，他却觉得蛮有条理。帐房前面，竖着一个资料柜子，上面还挂着一二十口井的报表。帐房中间，摆着两张大桌子，桌面当间镶着玻璃板，抽屉安有电灯，是专意为制图做的桌子。只要把抽屉电灯一开，描比头发丝还要细的线条也好，写比芝麻还要小的字也好，清楚极了。

每天，在这顶帐房里，洋溢着一种火热的气息。一清早，太阳还没有升起，各个井队的人，就把一份份报表送来了。接着，电话铃响开了，有人在汇报地层情况，有人在请示进尺数字。接着，这个人跑进来了，说井底岩性发生了什么变化；那个人冲进来了，说一口井又出了什么事故。……帐房是极不安静的，而且给人一种忙乱的感觉。可是，谁想在这里寻找安静，那就错了。这里不是修身养性的地方，而是扎在沙窝里的一顶战斗的帐房。

油泉子是一个大探区。人们要在这里做一番事业，就免不了许多困难和复杂的事情，反映在这支地质帐房的情形也是如此。小顾和技术人员们，从天亮到天黑，就在这顶帐房里接待着涌进来的一连串的地质事务。他正在做着一件事，另一件事已在等着了。工作在这里好像永远也做不完。而且，这中间还要经常发生一些分歧、冲突。什么这口井完工搬家，没有交代，试油队和钻井队有了矛盾，吵开了。什么那口井只顾进尺，不取岩心，又有了矛盾，吵开了……看起来，“吵嘴”在这里是很难避免的。可是，为了油田利益，红脖子涨脸又算得了什么哩？生活不是一片平静的池水。生活好像大海的波涛一样，是汹涌地而又激越地行进的，也是深含着斗争的。

顾树松，这顶帐房的主人，对于他所从事的地质勘探事业，就有着一种强烈的进攻的精神。

今年，他只有二十三岁，是我在柴达木遇到的一个年轻的地质师，一个潇洒、活跃而又肯钻研的地质师。他有着一副大脸盘，近视眼镜下，闪着一双敏感的眼睛。他的宽厚的嘴唇，说起话来，干脆快当，好像放连珠炮似的。你看他个子矮些，可是走起路来，迈着大步子，谁也跟不上；而且胸脯向前倾着，好像去捕捉什么东西，总是保持着适度的英武和冲击的风姿。记得，1953 年，在酒泉盆地第一眼看见他的时候，他的这种风姿就给我留下了难忘的印象。那时候，他才十九岁，西北大学毕业的第二年，在一个地质小队做技术员。虽然，他年纪小，爱贪玩，吹口琴、打乒乓、跳舞、唱歌，样样缺不了他，还带着太多的孩子气。可是，他能吃苦，能爬山，有干劲，尤其是对技术精益求精的精神，这就使得他很快地能够胜任一个综合研究队的小队长了。他对朋友，热情极了。你有什么事，找到他，没有一点含糊，只要他说声办，马上就办好了。他和伙伴们相处得很融洽，人们信任他，喜欢找他做朋友。

我们从酒泉分手以后，他就调到柴达木盆地了。他的乐观、爽朗和豪放的性格，好像很适合大沙漠的气候。他所率领的地质队，有着良好的成绩，曾经获得了模范的称号。这一次，我遇到他，他已是一个地质师，一个大探区的地质技术的直接领导者了。一个大探区，井多事杂，不是一件轻松工作，需要更多的学识和精力。然而，小顾是这样一个青年，他晓得学识是无限的，也晓得怎么补充自己。时常，一天的工作做完了，人已经很累了，可是，哪怕是深夜，他都要按着自己的计划读书。几次，我提醒他说："半夜读书，效率不高吧！"他总是摇摇头，带着笑说："不行呀，新出版的地质书太多了，再不抓空读，就得落后了。"而且，第二天他仍然起得那么早，又那么生气勃勃地干开了。他的胸怀里，好像燃着一把钢火，有着永远使用不完的精力。

今天，他一早约我和陈技术员，到东西沙滩上定井位。一个井队已在等待新井的任务了。

小顾穿起老羊皮短袄，换上了一双短靴，卷起油泉子构造图，撒腿前面走了。起初，出了探区住地，我们还离得不远，等爬过了两三座沙丘以后，他就远远地把我们落在后面了。小陈还不错，比我跑得快，落得不算远。我好久不爬沙丘，脚下不知深浅，又笨拙，又迟缓，而且走了不及二里地，气也喘得厉害了。

我喊："小顾，你慢点，行不？"

他在一座沙丘上站下来，等我走到跟前，笑了声说："怎么，你爬不动啦？"

随即，他摆了一下手，猛然，从沙丘上向下一跳，半截身子插进了沙子里，又顺着斜坡溜下去了。

他这一来，把我的精神也提起来了。小陈跳下去以后，我也接着从沙丘上滑下去了。这里的沙子疏松，柔和，一跳进去，舒服极了。

我们在沙子上舒展地躺了一会儿，又向前走。

走了有四里地，小顾在前面站下了。他从口袋里拿出罗盘仪，测定方向。接着，他让小陈站在一边，自己嘴里一面念叨着，一面在前边量着步子。一阵，他又量着步子，走回了原地。这时候，他拿出构造图，铺在沙地上，和小陈一起研究着，合计着，就选择了这一片比较平的沙滩，插上了一个木牌。牌子上面已写好了几个歪字：浅十一井。然后，我们在附近搬了一些沙块，压在牌子周围，以免被风刮跑。于是，一口新井就这样定下来了。

看起来，定一口井位，似乎是一件非常简单的事情。然而，这里面包含着多少学问哩。假使小顾和小陈对油泉子构造没有过详细的研究，而且不熟悉大量的地质资料，那一口井位怎么会定得这么容易呢！

我们往回走的时候，小陈的脚跛起来了，大概来的时候走得快，再加上翻牛皮鞋太硬，脚趾磨肿了，出血了。这样，小顾就不得不走慢了。然而，这时候，我却忽然想起小顾一个定井位的故事来了。

这是今年一月，正是柴达木最冷的时候，零下三十摄氏度左右，小顾在调到油泉子以前，先帮助油砂山探区定井位去了。从茫崖基地到油砂山，有九十公里。他一个人，不戴帽子，就骑着一辆摩托车，直奔油砂山。他又爱开快车，不管冷风怎么刮得耳朵呼呼叫，他仍然放大油门，用每小时六七十公里的速度飞驶着。他翻过了大山，穿过了戈壁滩，不及两个钟头的样子，就爬上油砂山了。但是，当他把井位定好以后，忽然，觉得耳朵发痒了。他一摸，麻麻木木，还有些疼肿哩。显然，他没有戴帽子，遇到冷风，又开快车，耳朵冻坏了。他还在摸，医生一看，忙说："快不要用手摸了，再摸，就要掉了！"又连忙给他打了两针，叫他在帐房静静地憩着。半天，他再也不敢摸耳朵，再摸，耳朵掉下来可不是好玩的了！这一次，经验匪浅，他大概永远也不会忘记自己这段经历吧！

我们定井位回来以后，就快吃下午饭了。

小陈脱了鞋，看脚上的擦伤。小顾摇起电话，向大队长报告了定井位的情况。随即，他又趴在桌上，写起钻井总结报告来了。和平时一样，他刚写了几个字，电话铃响了，一个井队催着测井的事情。随即，他给茫崖打电话，也是催着测井的事情。井上等得急了，一连给他打了几次电话；他也急得在帐房里团团转，也接连打电话，可是总是谈不好；大概电测车忙不过来吧。最后，井上催得更紧了，小顾就在电话筒上吼开了："你们说今天来，为什么不来？再不来，井队就要窝工！谁负这个责任！"

一天地质事务多得很，他确实忙极了。可是，你以为他的生活太单调，也没有别的兴致，也不爱玩了吧？不，在他的办公桌的抽屉里，塞着两把老牌口琴。他仍然是一个不赖的口琴手，昨天，他还给我们表演了好几种吹奏法哩。他仍然是那么爱打乒乓球，爱跳舞，而且，舞姿洒脱出众。他还学会了一套拍照、冲洗和放大的本事，自己就制了放大机、瓶瓶、罐罐等全套暗房工具。有时候，星期六晚上，地质师的帐房就变成了摄影师的暗房。他把自己喜欢的相片，放大了一张又一张，我看他本事有，只是性子急，放出来十张相片，其中最少有两三张是模糊的，不是淡就是过浓了。有时候，他正在冲洗相片，电话铃响了，于是，他就在暗房里和人谈开工作了……

这天晚上，小顾和我都跑累了，相约早些上床睡觉。

可是，要睡觉的时候，他又拿起了俄文课本，似乎很抱歉的样子，对我说："我只读一会儿。"

一个不久前回国的留学生小陆，教小顾和地质室的人学习俄文，自然，这是一个在野外难得的教员和学习外语的好机会了。这个留学生是高个子，大眼睛，戴着黑框近视眼镜。他身上的工作服，时常涂着些泥巴，老牛皮工作鞋的后跟已经磨歪了；这和他在国外穿着西装大衣和黑亮皮鞋照的那张相片，已经很不相像。现在，他在油泉子是地质实习员，很用功，除了跑井场以外，总是钻在帐房，不常出来。他和小顾的关系，时常是互相转换的。一阵，他有了什么地质难题，找地质师来了，小顾一一讲给他，他虚心地听着。一阵，反过来，他又是先生，矫正着小顾的外语发音，小顾也很用心地念着。他有一个业余自学计划，大致在每个星期里，一三五读地质学的书，二四六是学政治和外语。

夜深了。帐房外面很黑，很静。

我睡了一觉醒来，帐房灯还亮着，看看表，已经深夜一点过了。可是，我发现小顾还没有睡着，他用被子围住身子，仰靠在床头，把外文课本压在胸脯上，正在哇啦哇啦地背诵着生字哩。

我说："喂，总这样熬夜不行呀？"

他侧过了头："你知道，明天就要考了，得温习一下。不然教员一问，答不上来，多不好！"

电灯光下，我看见他的眼球都挂着红丝了。

“明天早起，早念，不好吗？”

我这一说，果然生效了。他把头塞进被窝里，睡了。可是，几分钟，又从被窝里传过来一种极细的默念生字的声音。

小顾的生活是过得充实的、快乐的。虽然，他还年轻，做起事情来，热情多于冷静，你没见他总是那么匆忙甚至给人一种急躁的感觉吗？然而，长年的野外勘探生活，大戈壁和大沙漠的生活，把这个年轻人的身心锻炼得健康了，他对自己的要求也越来越多了。是的，他对自己的要求是很多的，而且是苛刻的。一次，他曾问我：“你说，人一生能做多少事，有做到头的时候没有？人一生能读多少书，有读个够的时候没有？我看，没完！”

在柴达木盆地，我遇到许多这样胸怀大志的青年，他们纯洁、乐观、自信，对生活抱着一种强烈追求的欲望。在他们的身上，你可以看到我们这个时代的新型的青年地质学家是怎么行走着。我们的党为青年开辟了这样一条道路，谁只要不避荆棘，不惧风险，那么，谁就会发现眼前是一条动人的而又闪着光彩的道路！

一次紧张的战斗

我倾心于大沙漠，因为这里的生活是豪放的，壮美的。

我倾心于大沙漠，因为这里的人，他们的心灵，在和大自然的搏斗中，陶冶得纯净、美丽、热烈而富有感情。在这里，人们摆脱了高楼、花园、假山和逸乐，面对着严酷的荒漠、干渴、风沙和英雄的事业。在这里，人们珍贵每一寸光阴，不让它从身边溜掉；又用智慧的双手，探入大地的底层，把黑色的金子举向沙漠的上空。

呵，黑色的金子，沙漠的珠宝，快乐的源泉！你从油泉子汇成一条河流吧，你越过了高山大河，在祖国的宽畅的大路上奔跑吧！

今天，人们要在油泉子进行一次战斗，给一口深探井灌注水泥。我之所以说是一次战斗，因为打水泥和打冲锋有同样激烈的程度。

人们吃了午饭，放下碗筷，就走向井场了。地质室的顾树松地质师和全体技术员、采集员们，也全部出发了。

从沥青嘴一座沙丘走过去，一刻钟，就来到了深探井井场。

这口深探井挺立在油泉子的轴心上。你站在沙洼里，要把头面朝着天，才能看到井架的尖端。井架是陕西宝鸡出品。在钻台上，邬钻井工程师和钻工们，正在检查井口的控制装置。钻台下面，三辆水泥车已经开来了，技术员已在调整水泥车上的机器。两部车子跟前，几个工人用铁镐挖好了四个沙坑，然后，把搅拌水泥的铁皮槽子放了进去。而另外一部分工人，正在把一袋袋水泥扛起，堆在铁皮槽子旁边，不一阵，就堆起了两座小山。人们在做着打水泥以前的准备工作。

这时候，从沙丘那边，走过来一高一矮的两个人。高个子就是地质实习员小陆，他长得又高又细，戴着一副近视眼镜，一套野外工作服，穿着嫌太短些，上衣差不多提在肚脐，裤腿只搭在小腿把上。矮个子是试油技术员小郑，西北大学毕业生，一个挺聪明的小伙，只是个儿矮，帆布工作服，穿在他身上就嫌太长，上衣差不多搭过大腿，裤腿卷了好几层，再加上他又戴了一副过大的太阳镜，就让人觉得他身上的负担太重了。这两个一高一矮的人，摇摇摆摆地走了过来，逗得大伙笑了。有趣的是他俩谈话的时候，小陆为了亲热些，不得不弓着背，脸朝着地。而小郑为了靠近些，不得不把脖子伸得长长的，面朝着天。你不要看两个人的个子悬殊，却十分要好。他俩住在一顶帐房里，不管读书、吃饭、睡觉、走路，很少有离开的时候。

他俩来了以后，接着，两辆卡车又送来一大批人。平时，井场只有司钻、司机、采集员和五六个钻工，这时候，不大的一片沙洼里，集满了人。油泉子的大队长、工程师、技术员和实习员，都赶着帮忙来了。

人们这么关心灌注水泥是有道理的。沙漠里钻好一口井，很艰难，为了不使这口井的油流出来，也为了便于试油和把油合理地采出来，就得保护井壁，防止塌陷，给井内灌注水泥。而且，打水泥要特别迅速，在十几分钟内，就要把几百袋水泥，一下子打到井里去，稍有迟缓，水泥就会凝固，打不进去。自然，它就如同攻夺一个碉堡那样紧张了。

这时候，井场忙碌起来了。

每一个人都闲不下，都有自己的工作。顾树松召集地质室的人，谁舀灰浆，谁量比重，谁做记录，分配妥当，大伙就分头准备工具去了。

这里，最忙的是邬钻井工程师，他是打水泥的当然指挥者。他好像始终披着那件黑色老羊皮大衣，把头窝在毛乎乎的领子里，操着地道的四川话。一阵，他钻进这一伙人中间吩咐着；一阵，又跳到那一伙人跟前喊叫着。随即，又跑到水泥车上看一下，又到槽子跟前看一下，真是忙极了。现在，他把井场上的人，全部集合了起来，做最后一次的分工。一切都安排好了，他就跳上了钻台的踏板上。

人们都戴上了口罩，站在自己的岗位上了。不知道的人，一定会怀疑这些穿着油污衣服的人是一支防疫队吧？井场沉寂了片刻。

邬工程师问这边车上的人：“喂，好了吗？”又问那个车上的人：“喂，怎么样？”当他得到了人们确切的回答以后，就抿了抿嘴，举起手臂向下猛一打，扯开喉咙喊了声：“开始！”

瞬间，大沙漠欢腾起来了。人们全身心地投入了战斗。两组搬水泥的工人们，以队形排列在水泥车的侧面，他们把一袋袋水泥，急速地传递前去，放在一支安着小锯齿的长板上。于是前面两个工人，就猛地一推，袋子被锯齿划破，水泥倒入槽子了。旁边，一条水龙头哗啦啦地喷着水，和水泥同时飞进槽子，经过搅拌以后，自动滚入另一个槽子。于是又一条水龙头摇摆着，水泥被打入井底去了。

这时候，一下子，整个井场飞扬起了烟屑白雾。只是一刹那间，井场所有的人，脸面都变成了白色的，全身衣服都落上了一层厚厚的灰尘。两部水泥车吼动着，好像两头发威的狮子。三四条水龙头跳荡着，好像三四条受惊的大蟒。水泥一袋紧接一袋，倾入铁皮槽子，灰浆飞溅着，尘土翻滚着。人们好像绷紧了弦的弓，默默地战斗着。一切的一切，都处在不可名状的紧张里！

在两部车子的空隙地方，小陆手里端着一个茶缸，他大步跳到槽子跟前，弓下腰，舀起一缸灰浆，又大步跳回来，倒入量比重的小杯里，转身，又跳了出去。旁边，一个采集员搬动量具，报着数字，顾地质师站着抓住纸笔，记录了下来。小郑，也拿着一个茶缸舀灰浆，不过，他个子矮，不是大步子跳来跳去，而是小步子蹦来蹦去。几分钟以后，小郑的脸变成了花脸，被灰浆溅满了。虽然，小陆的个子高，脸上没有溅上灰浆，可是，步子跳大了，失脚踩进了槽子里，等拉出来，半截腿已变成灰浆腿了。

时间，一分一秒地飞逝着。战斗，越来越激烈了。

我站在搬水泥工人们跟前，蓦然，看了一下场外的天空。天空是明亮的，一朵白云乘风飘游。太阳偏西了，大沙漠里映着黄色的光辉。可是，深探井场上，却掀起了万丈烟雾，在井架上端缭绕，遮住了半个天。人们在这里做着什么呢？那一朵白云，停止你的脚步吧；那一丝微风，收起你的翅膀吧；那天空、夕阳和大沙漠，你们都屏住呼吸，倾听一下油泉子的声响吧！看看人们在怎么保卫着这口沙漠深井，看看人们为开发油田在怎么劳动着呵！这些裹着油腻的破烂衣裳的人，现在又被烟屑涂抹得不像样子的人，哪一个的胸怀里，不是深藏着一颗青春的美丽的而又热烈的心呢！

这时候，邬工程师又站在钻台踏板上了，他大声地问清楚了打水泥的数量以后，就又吼叫了一声。

霎时，水泥车停息了，整个井场沉寂了。我看看表，都有些不相信自己的眼睛，只不过一刻钟。呵，一刻钟，难道在一刻钟里，那三百多袋水泥都已打入深井里去了吗？人们是怎么抓住了一分一秒的时间，赢得了一分一秒的时间呵！

灰尘飘落着。一次紧张的战斗结束了。

凡是参加这次战斗的人，都穿上了白色的铠甲。现在，他们拖着疲劳的身子，带着被水泥侵蚀得发红的眼睛，从沙洼里往回走了。

在回归的路上，顾树松还兴致勃勃地对我说，这口深探井，钻进在三百多米，一直到六百多米，都发现了好油层。然而，这只是油泉子的一口井，其他一二十口井，也类似这口井。当前，勘探者还在继续扩大着这个油田。不久，只要交通方便些了，条件好些了，油泉子就可以大力地开采了。

黄昏了。我和勘探伙伴们走到了沥青嘴的身边。

我们站在一起，眺望着黄昏。呵，大沙漠里的黄昏，辉煌而又动人。天边是金色的，沙子是金色的，井架也是金色的。或者，因为黄昏的到来，大沙漠的面目更清晰，我发现了无数的杂乱的脚印，一直从沥青嘴纵横地伸展远去。这不是我们勘探者的脚印吗？艰辛的风险的脚印，豪迈的也是金色的脚印呵！我不由得想着：将来，沿着勘探者的脚印，这里要栽树、盖楼，这里要开河、种花，这里还要来更多更多的人……也许，这只是一些幻想。可是，面对着英雄们征服了的大沙漠，我又怎么能不这么想呢！

确实，油泉子是非常干渴的，沙窝里挖不出一滴水。同时，也没有一丝雨，即使一朵白云来了，也不停留，又飘走了。但是，我仍然倾心于油泉子，对她的未来抱着美好的希望。人民赢得了这个沙漠油田，怎么会不珍惜她呢！而且，油泉子有着最好的星月。夜来了，不管上弦月、下弦月和月圆的时候，月亮总是牵引着满天的星星，把最衷心最甜蜜的微笑，向沥青嘴和勘探者的帐房投来，向夜晚还在打井的钻探工投来。看起来，星月是钟情油泉子的。

那么，在油泉子，让我们赞美星星，赞美月亮，赞美战斗在星月下的勘探者吧！

1957 年 10 月 4 日，油泉子

沙漠之舟

我在柴达木盆地，看见一个小小炼油厂。虽然是小小的，却给人一种新鲜、深刻和可爱的记忆。

1957 年国庆节前两天，我从茫崖基地出发，走过一片荒漠，没有人烟，没有草木，多荒凉呵！可是，蓦然，在万里晴空下，在海洋般起伏的大沙漠里，涌现出四根黑色小烟筒，六个红色小油罐和一顶顶帐房，仿佛大海里一叶小舟，正在乘着风浪游荡。我发现奇迹似的，快乐得想喊起来。

“瞧吧，这就是咱们盆地第一个炼油厂！”

我的同伴兴奋地说着。热爱盆地生活的人，谁看见它不感到激动呢？想一想，千百年来，这荒漠有人过问过吗？拓荒者竟然在这里找油、钻油，今天又要在这里炼油了！人们一步一步地征服着荒漠。这小小炼油厂，不就是我们人民在柴达木艰苦创业的一个标志吗！

我快步穿过沙漠，来到了厂地。在一排帐房外面，遇到一个银发苍苍的人。我问：“高主任在家吗？”

他热情地说：“等会就回来，你屋里坐吧！”

我一听说话，是陕北口音，亲切极了。没想到在这里遇上了陕北老乡。“你是陕北哪里人？”

“延川。你去过吗？”他又指着旁边的两个人说，“他俩也是延川人。这里老乡多哩！”

我们说过几句话以后，就混搭熟了。这个银发苍苍的老年人姓冯，是炼油厂管理员；这个总是笑眯眯的人和那个黑脸面的小伙，都是技工。他们都是延长油矿的炼油老手，不久以前，离别了妻小，到柴达木来炼油了。

“你们一起从陕北来了几个人？”

“十来个。”

“都是炼油老手吧？”

“老啥！才干了八九年。”老冯说，“人家高主任在延长干了十八九年，都不能算老。还有比他老的人哩！”

“一下子从陕北到了这里，不习惯吧！”

“慢慢就熟惯了。”冯管理员有趣地说，“刚进盆地，到了海西，可把我难受咋啦，肚子里像压着块石头，气都换不过来，这里比咱陕北地势高嘛。从那以后，再往前走，到了大柴旦、茫崖，反倒不觉得啥了。”

“这里比延长油矿咋样？”

“差远啦，一切设备都是旧的，有的是从东北运来的，有的是用废料修建的，可这是在柴达木呀！”

我很高兴认识了这三位陕北老乡。接着，我又在厂地转了一下。

这个厂子确实太小了。在一片沙洼里，西边一个坑道里，安装了两个小罐，是脱盐脱水用的。东边有四个小炉，上面是四根烟筒，粗细不一的十几根管道，好像葡萄架似的，伸展到一个小工房里。原油脱盐脱水以后，经过这里蒸炼、分化，就变成汽油、煤油了。不远处就是那六个储油的小油罐。整个厂子，方圆不及两公顷，这和两百多公顷的兰州炼油厂比起来，真是小巫见大巫，一个厂还比不上人家一个车间大哩。但是，厂子虽小，肝胆齐全。我反倒喜欢这个小厂，正像老冯说的："在沙漠里建设一个厂子，可不是个简单事啊！"

这几天，负责筹划和领导生产的高主任，一天东奔西跑，忙极了。这位陕北老乡，从小在延长油矿学徒，以后当了技工，又当了车间主任，可以说是一个实干出来的炼油能手。他脸面黧黑，穿着一身褪色的蓝衣服，十八九年的斗争生活，使他有一种浓厚的工人气质，诚恳爽直，朴实精明。我们看到他的时候，他正在和厂支书、技术员及负责基建的工段长，研究验收和国庆节能否开炉的事情，而且正在和工段长争论着什么。

原来，工段长觉得基建已提前完成，可以很快接受新的任务，不愿意派人参加验收；而高主任非要他们派人参加验收不可："大家都为工作，为争取国庆节开炉，不共同负责咋行！"于是，双方就吵起来了。自然，这是一种有益的争吵。虽说我不了解实情，也不知道分歧是怎么统一的；但是，在国庆节这一天，我确实看见这座沙漠里的炼油厂的烟筒冒烟了。

国庆节一早，炼油厂就欢腾起来了。茫崖石油局的党委书记和局长们来了，青海省党政慰问团来了，青海省话剧团的演员们来了，油泉子探区的职工们也来了，简直可以说是人山人海，拥进了小小炼油厂里。人们挤在一起，兴奋地谈论着，说着赞美的话。

开工典礼在沙洼里举行。最使人激动的是高主任献礼的场面。

会场背后，炼油厂的烟筒升起了黑烟，又渐渐地变成白烟，冲天而去。高主任走上台子，是过于兴奋呢，还是不习惯这个场面？他腼腆地笑着，没有一句话，用微微发抖的双手，端起桌上一个盘子，盘里放着三个瓶子，装的是炼油厂第一次出的油，他向会场群众举了起来。一阵激烈的掌声，欢呼声，震动着沙滩，震动着天上的白云。接着，他转过身，没说啥话，把三瓶油，献给了青海一位副省长和代表们，于是又是一阵欢呼声。

柴达木的第一炉油炼出来了。从此以后，盆地就有了自己的汽油、煤油，不再全部依赖从盆地外面拉油了。奔跑在戈壁滩和大沙漠的司机们，也不再因缺油苦恼了。各个探区的钻井工程，也不再因缺油而影响运输工作了……这是盆地降低成本、多快好省的一举，是盆地力争上游、走上自给自足的第一步。我想，这就是人们热烈地庆贺小小炼油厂开工典礼的缘故吧！

歌舞节目开始了。可爱的男女演员们，放开嗓子唱吧，舞吧！也许，大沙漠的烈风，会吹得你们嗓子发哑，舞步零乱。可是，不要紧，你们是在为柴达木的建设者而歌，为拓荒者而舞。艺术的生命就在这里，在创造生活的人们中间，在炼油厂冒烟的地方。你看，那位陕北来的老炼油工和他的新徒弟有多么喜欢呀！

当我告别了炼油厂，爬上一座沙丘的时候，又转身一看，在海洋般起伏的大沙漠里，炼油厂多么像一叶小舟，它乘着沙漠的风浪，正在摇晃着，飘荡着。沙漠之舟，它在为柴达木输送着血液，它是柴达木的一枝花！

1957年10月5日，油泉子

油砂山之夜

油砂山，我又来了

许久以来，我是怎样怀念着油砂山呵！

这时候，我正在柴达木盆地的西部行走着。我迈开大步，爬过了茫崖的沙丘，迎着大戈壁的风浪，追赶着昆仑山巅的飞云。我很晓得自己的去处，于是又袒开了胸膛，让欢乐尽情地飞进心间。

许久以来，我是怎样渴望着油砂山呵！

这时候，在我的眼前是一条宽敞的道路。记得，1954 年，为了寻找石油矿藏，勘探者破天荒地踏进了柴达木盆地。不久，我随着石油部负责人和专家们也来了。那时候，在这沉睡了万年的处女地里，哪里有什么道路，我们是从坑坑洼洼的大戈壁滩闯进来的。然而，现在，勘探者用柴达木现成的盐碱铺成了十几条大路。在这样的路上行走，不但觉得宽畅，快意，而且因为盐碱路面在太阳下闪着星星点点的光亮，还使人产生一种特殊的美感。

这是柴达木的十月，黄金的月份。虽然，早晨已是零下五六度，大小湖泊都结上了薄薄的冰层。但是，当太阳在戈壁滩的大气中升起的时候，雄鹰就扇起了翅膀，一阵和风就把暖流送进盆地里了。我在去油砂山的路上，望着紫灰色的骆驼草，赤红色的山冈，飞翔的小鸟儿和温存的尕斯库勒湖，心里觉得非常快活！

油砂山呵，我又走来了，踏着激越的步子来了。

途中，车抛锚了，我跳下了车。

“怎么，你着急了吗？翻过前面大梁就看到了。”同行的朱夏同志笑着说，他的笑容表示很了解我的心情的样子。

朱夏为人含蓄而又爽朗，固执而又豪放，带着地质学家兼诗人的气质。他对柴达木盆地，满怀着不可抑制的热情和信念。他从来没有停止过步子。今天这里，明天那里，一阵为柴达木的地层对比伤透脑筋，一阵又为探区喷油而激动。

这时候，我们谈着油砂山，在戈壁滩里驶行着。

他对油砂山也有一种特别的感情，虽然他去过不止一次了，可是仍然兴趣很浓地说：“我还想看看！”

“你写的油砂山的诗，还能背过吗？”我问。

“背不过来了。”他摇摇头，谦虚地笑着。

其实，他怎么能背不过来呢，前不久，我还听他背诵了许多诗，其中就有油砂山一首。我记得这样几句：

红岩百丈英雄岭，
染指油砂自在香；
似挽流光酬寂寞，
尕斯湖水拥斜阳。

我们翻过了一条曲转的大梁，车子飞也似的又在平坦的滩地上行驶了。

前面，那一座如尖刀般插入天空的山，该是出名的英雄岭吧？那一座从群山中突出来的赤红的山，该是闻名的油砂层了吧？虽然，前一次是从西来的，这一次是向西走的，方向倒转了，但是，我确信这就是油砂山。因为，柴达木有许多好山，昆仑山、祁连山、阿尔金山和达肯大坂山……但是，只有油砂山是戴着金红色的桂冠，有着独特的诱惑力，矗立在风沙弥漫的盆地里。

油砂山离我们越来越近。我已认出来了，那金红色的山冈下，东面滩地上一片坎坷不平的地方，不是我们勘探者曾经住过的地方吗？第一批叩问柴达木盆地的勘探者，在吃苦水啃干馍的日子里，不是在这里扎下了营盘，挥动着地质榔头，举起了第一面战斗的旗帜吗？可是，现在，这里什么也没有，往日的一切被风沙淹没了。仔细看去，只能隐约地认出曾经搭过帐篷的小坑小壕，和被人们踩踏过的发白发硬的地面。人们搬到山里去了。

“山里避风，”朱夏说，“又离探区近，好得很。”

驶进了油砂山山口，沿路尽是乌黑乌黑的泥土，车子一驶过去，泥土就夹着浓烈的油味扑了过来，使人觉得又呛又香。这山上的泥土也含着油砂，哪里有这样奇特的山路呵？

我们满身披上了含油的尘土，进入油砂山峡里了。

勘探者的交响乐

一走进油砂山峡里，最先听到的是钻机冲击大地的吼声，震撼着峡谷，震撼着人心。

抬头看去，在峻峭的山顶，在红色的油砂层旁，井架好像树林似的，包围着整个峡谷。油砂山怎么一下子矗立起这么多钻机呢？1954年，这里才只有一部简陋的手摇钻机，两顶单薄的帐篷。可是，现在，无数的白色的帐房，整整齐齐地排列着，形成了一座独特的白色的市镇。

我们在一顶帐房里，遇到了石油勘探局党委书记。刚坐了一会儿，朱夏坐不住，就要动身到阿尔金山去。勘探朋友就是这样，相会总是短促的。送走了他以后，我和书记谈起来了。

这位书记穿着一件褪色的灰白上衣，一条黄呢裤子，显得朴素、开朗，平易近人。两个星期以前，他才从北京调到柴达木来，我在大柴旦遇见他的时候，他才从西宁进入盆地。虽然，他来盆地工作不长，却时常在探区跑着。我在油泉子探区看见他，在炼油厂开工那天看见他。这一次，我们刚在茫崖基地照面，他又到油砂山来了。

他兴奋地说："我要上山，看探井，去吗？"

我立即和他一起上山了。

在我的记忆里，油砂山高峻陡峭，上山没有路。前一次，我们徒步上山，费劲极了，半天只在山腰转悠，出了满身大汗，还没有爬上山顶。可是，这时候，我看见一条又弯又陡的大路，一直伸向了西山端。旁边，还有一条褐红色的大路，一直飞上了油砂山之巅。

一出探区，爬到半山上，路两旁就出现了三三两两的钻塔。我们爬到了一口探井跟前。

这口井正对着昆仑山和尕斯库勒湖。这一阵，钻工们在紧张地接着钻杆，接好以后，两个工人使劲地扭动着链钳，把钻杆丝扣上紧。接着司钻握起了闸把，钻机吼动了，一根根钻杆，迅速地滑入井下，开始钻进了。在泥浆槽旁边，一个年纪大些的工人和一个青年工人，抬过来一袋水泥，撕开袋口，用手扒进了泥浆里。泥浆好像一条粗长的大蟒似的，从钻孔中爬出来，沿着槽子飞跃，从钻台后面流到前面，又迅速地爬入井内，一直往返地循环着。这里的一切，都是紧张的、活跃的。一个钻台，就是一个战场。钻探工人正是在这里，用他们的双手征服着自然，创造着奇迹。

我在钻台下，和井上采样员谈了起来："打多深了？"

他咧开油黑的笑脸说："一千五百米。"

这口井在钻井过程里，得到一连串的喜讯，曾经在泥浆里发现有天然气浸现象，把气样收集起来，用火点着，冒着蓝色的火焰。

我们从西山翻下来，又爬上了东山。来来去去，看了不少井。

一路上，每看一口井，书记都是笑容满面，连连问我："怎么样，好吧？"要不，他就会有所思地说："从山底下打出油来，这可不是个简单事呀！"

这位书记的喜悦是显而易见的。他也丝毫不掩饰自己的兴奋，走到哪说到哪，见了工人，特别亲近，问这问那。"你们有什么困难吗？"要不，就是说："我刚来不久，还要跟你们学呀！"看起来，油砂山的美丽和勘探者的斗争生活，唤起了这位新来的书记很大的快乐！

今天，我们在油砂山上看的许多井，用钻探者的话说，没有一口黑窟窿井，每一口井都打出了油，这怎么叫人不喜悦呢？

我在探区的大路上走着，又回望着山峦里的钻塔，倾听着油砂山的声响。这是工人们搬动钻杆的声响，钻机金属的声响，汽车的声响和通井机的声响；有的从近处传来，有的从远处传来，组成了一首勘探者向大自然进攻的交响乐曲。这有多么悦耳多么动听啊！

我不由得又昂起了头，凝视着油砂山，很想通过这一眼，把她动人的容颜，牢牢地记在心间。

小邱的胸怀

油砂山探区的地质技术负责人是邱地质师。

我还不认识他。可是，在勘探朋友们中间，早已听到过他的名字了，人们亲昵地叫他“小邱”。

我停在一间挂着“地质室”牌子的帐房外面。门开着，帐帘翻挂在帐房外面。向里面看，在帐房左边角落里，撑着一顶单人小蚊帐，睡铺跟前有一张堆满着图纸的长方桌子。一个矮小的人，带着近视眼镜，把自己夹在睡铺和桌子中间，正趴在一张图纸上面，闷头画着什么。我想，这大概是小邱吧，人们不是说他是小个子吗？

“小邱在家吗？”

他抬起了头，用手把偏分头发撩了撩，向外面陌生地一望。我看见一张端正的年轻的脸面，小鼻子微微翘着，小嘴紧闭着，在近视眼镜下，闪动着一双黑亮的眼睛。一定是小邱了，和我在朋友们家里看到的照片太相像了。

我笑着走进帐房，握着他的手说：“小邱？”

“噢，噢！”他也紧握起我的手，然后拉过来一条凳子，连声说；

“坐，坐！”

小邱有意思极了。他用一套蓝色的短工作服，把自己身子裹得紧绷绷的，真是名副其实的短小精悍。他一说话，就动一下镜架，低下了头，总是一种害臊的样子。

我们钻进小蚊帐里，把油砂山图幅摆在床中间，谈起来了。他埋着头，用手指指点点，谈得细致、准确，对油砂山的一切了如指掌。不论时间、地点和数目字，他都记得一清二楚，用不着翻本本，就说得出这口井在哪里，什么时候开钻，打了多少米；那口井打到了含油层，什么时候试油，油的质量又如何如何……

我很为小邱的言谈感动。他红润的面庞，真切的举止和诚恳的问话，使人感到喜悦而又亲近。

小邱在西北大学读书的时候，年纪最小，个儿最矮。他喜欢静，沉默寡言，不爱活动。可是，他学习挺卖劲，毕业考试名列前茅。他听从组织分配，做实习员，技术员。去年，他作为地质师，并独立地负责起柴达木一个探区的地质工作了。担负一个探区的地质领导责任，他不会是轻松的。但是，对于像小邱这样的青年人，真正想做一番事业的青年人，哪一个可曾畏惧过困难，不是从风浪中锻炼出来的呢？小邱一走出学校，就投入了生活的熔炉，迎着戈壁滩的严寒，迎着沙漠里的风暴，他在生活中吃了许多苦，在技术上受了许多熬煎。然而，他挺着腰杆长大了。一个有真才实学的地质家不就是这样锤打出来的吗？

这时候，在油砂山探区，我倾听着小邱的谈话，他在分析油砂山的地层、岩性和岩相的变化。他不时地动着镜架，总是埋着头，那么的腼腆。不知怎的，我喜欢他这种样子。当他偶尔昂起头来的时候，在一副端正的小脸上，那两只黑亮的眼睛里，闪动着坚毅的信念的光芒。我感觉到，在这位矮小的青年地质师的胸怀中，有一颗火热的青春的心在燃烧着，跳跃着。

当他谈着油砂山的时候，话语里还包含着一种特别偏爱的情绪。如果说，这种爱的感情，我在一些年老地质师身上看到过，那么，在小邱身上，就显得激烈多了。

小邱递过来一份工作报告，我粗略地看了一下；里面有太多的技术讨论和分析，难以看懂。但是，报告的结尾部分，却引起了我极大兴趣。我看见，他根据钻井的真实成果，对占有资料的分析以及和同志们的反复研究，批驳了曾经存在着对油砂山一些怀疑的论调，而且大胆地提出了自己的论断。他认为：对油砂山的怀疑是没有根据的，这里有众多的第三纪 N1 含油岩系，产油能力较强。他写道："我们有根据这样说，油砂山地区不仅具有含油远景，而且是实实在在地具有工业价值油层的油藏。"

看起来，小邱平时说话，声音又轻又小，好像总怕碰着什么东西似的。可是，在关键事情上，他一点也不含糊。而且，你看他的文字语言多么有力。他用了"实实在在地"这个字眼，又厚道，又动听，好极了。

第一口喷油井

我和小邱去看油砂山的一口浅井。

这口井离探区住地很近，一走出帐房，就可以看见抽油机在一上一下地抽动，好像向谁叩头似的，因此，人们又叫它做"叩头机"。

抽油机设备很简单，前面探出来一个平圆的东西，随着马达的转动，就一上一下地有节奏地点着头。它仿佛在迎接客人，又仿佛在向勘探者致敬。它叩问着大地，叩问着油砂山，似乎在说：“油砂山呵油砂山，你有多少油？欢迎你，出来吧，出来吧！”于是，在它的叩问下，山底下的油醒来了，出来了；于是，它又连忙把油一股一股地迎上地面。这是多么奇妙的和逗人喜欢的抽油机！

抽油机下面有一根输油管道，伸到旁边的一个油罐里，跟前，还竖立着五六个小油罐。随着抽油机的动作，输油管子也微微摆动，这是原油从地底冲击上来的力量所致。仔细一听，管子里还发出原油流动的嗞嗞的声音。当原油冲出了管口，流入油罐里的时候，又发出咕咚咕咚的声音，好像一口达到最高沸点的开水锅似的。在油罐里，深绿色的原油泛滥着，浮起一层细小的气泡，迎着阳光千变万化，闪着奇异的光彩。

这是油砂山第一口喷油井，有特殊纪念性的一口井。油砂山就是以这口井向全国人民报告第一个喜讯的。可以想象，这第一口井喷油的消息是怎样被人们传递着，议论着，怎样震动着大戈壁滩，震动着柴达木盆地呵！随之而来的是信心和力量，勇敢和热情。我们的钻探工人们来了，党的工作者来了，地质工作者来了，试油队来了，青年男女来了，一个新的探区形成了。油砂山以更加豪放的热情，接待了这一切。山上的石头笑了，一个个山峰随着一座座钻塔，重新打扮着自己，站起来了！

从这口喷油浅井望过去，不远处，那口中深四井，也已在试采油了。不过，它不是用抽油机的方法，而是用提捞的方法。我走过去，看见一台大连出产的通井机，正在飞卷着钢丝绳索，渐渐地，把一根油管从井口提上来了。旁边，一个穿着油淋淋衣服的工人，戴着油淋淋的手套，双手抓住了油管，又用手在管口一按，原油就哗啦啦地流出来，飞溅开了。

小邱又告诉我，虽然，这是一口中深井，可是，它已穿过了六十多层含油层。油是墨绿色，和浅一井的油一样的美。

油砂山地区钻探的历史，还不及一年，然而，所打过的井都出油了，人们有理由对这个油藏抱着希望。

黄昏了。油砂山穿上了金红色的衣裳。

我在喷油井中间，来回踱着步子，怎么也不想离开。我看到的油砂山的一切，激荡着我的胸怀。我望着小邱，望着探区住地，望着披着晚霞上山的钻探工人，觉得黄昏充实着我的心房，油砂山给了我以充分的享受。

能在油砂山的黄昏里待一会儿，该多么惬意！

金红色的山峰

到油砂山来的人，是不能不看油砂层的。

我在路边等着小邱，他忘记了戴凉帽子，跑回帐房去了。可是，等他走出来的时候，身边却多出来一个人。

我一搭眼就认出来了，一个又瘦又高的小伙子，这不是王吉庆地质师吗？不是 1954 年率领着勘探队详查油砂山和给油砂山定井位的人吗？这一两年，他在做柴达木地质的专题研究工作，怎么又到油砂山来了呢？我们亲热地握着手。他穿着一件贴身的棉袄，外面套着一件毛衣，显得比以往精干多了。当年，在油砂山，他从英雄岭跑下来的时候，穿着一件褪色的黄军棉袄，裤子被岩石磨破了，身上都脏得不像话了。

我指着深探井的山上说:“上次，你就是从那里下来的，对吗？”

“是呀，”他兴致勃勃地说，“那次，下山来，狼狈极了，警卫战士一看见，非常紧张，还以为我是什么歹徒哩！”

他今天上午来，是到油砂山研究和补充一些地质资料的。这样，我们就一起上山了。

我们谈笑着，走上了一片斜坡地。呵，这块地方对我们是多么熟悉，当年，那台简陋的手摇钻机，不是在这块地方响动着吗？人们不会忘记，最初，在开辟柴达木的艰难的日月里，它是唯一的一台钻机。就是这台手摇钻机，第一次冲破了柴达木的沉寂，唤醒了柴达木的土地。虽然，因为条件差，困难多，井出了事故，报废了；但是，那些喝着苦水的钻工们，那些背水的敦煌青年，两肩破露出来的棉絮，以及贴在钻台上的挑战、竞赛的字条，还深深地留在我的脑海里。

我们翻过了几条沟道，来到油砂山最出名的油砂层面前了。

油砂层峻峭，雄伟，形成了一座金红色的山峰，矗立在群山之中。它挺拔的风姿，深红色的容颜，浓烈的油味，真逗人爱！油砂山就是因它得名的。抓起这里的每一撮泥土，每一块石头，打开来，嗅一嗅，油香呵！拨开岩石上的一片盖层，乌黑乌黑的，嗅一嗅，油香呵！油砂层的总厚度，一百六十多米，哪里有这么好这么厚的油砂层！到这里来的人，哪一个不被它诱惑，不会称颂它呢！

我站在油砂山的怀中，打开一块石头，搓揉着乌黑的油砂，心里感到了欢乐，觉得出激烈的跳荡。我眺望着昆仑山，眺望着尕斯库勒湖，想象不由得飞翔了。如果说，我早已深深地迷上了油砂山，那么，这一阵，我真想长起翅膀，飞上油砂山的上空，跑遍油砂山的大小沟道；然后借着湖光山色，把油砂山赞美。在柴达木盆地，昆仑山好像一个彪悍的骑士，一天从早到晚，守护着油砂山。而尕斯库勒湖水，却在轻轻地飞舞，始终以珍珠似的眼睛，深情地望着油砂山。呵，诗般的尕斯库勒湖，只有你的美丽，才能配得上油砂山；今天，人们又在你的身旁，开挖了河道，用你的奶汁滋润油砂山的胸怀，以使油砂山成为一个更壮丽的油田。我多么想大声疾呼，油砂山呵油砂山，你给我们的勘探者，带来了多少激情和希望！

我们来到了油砂层的东面。向前望，尽是悬崖绝壁，长沟深川，多么险要的山带！这里，曾经有多少勘探者攀登过，有多少英雄汉子摔过跤。这里，有多少受难的痕迹，有多少英勇的脚印！真使人怀念，激动。站在我身边的瘦长的王地质师，他不是曾经困卧在这里的悬崖上，饥饿地爬行过吗？他不是曾经在峭壁中摔了跤，抓住了石棱，用劲地鼓起肚皮，顶住了石壁，才没有坠入崖底吗？当时，他在这里度过了怎样痛苦的夜晚，危险而又慌乱的时刻？现在他回忆起来，反而觉得轻松有趣了。

我说：“这样磨炼几次，你的肚皮可有功夫了。”

他开心地笑了。

油砂山之夜

天黑了。爬过油砂层回来，已经很累了。可是，小邱又告诉我说：“葛泰生也来了。”

我一听，真高兴。我和小葛早认识，一起在酒泉盆地爬过山。1954年，他来到了柴达木，我们又曾经在油砂山睡在一顶帐篷里，这次又在油砂山会面，巧极了。

小邱领我走到一顶帐篷跟前。我掀开帘子，看见里面摆着三张行军床，小桌上放着一盏马灯，靠出口处有一个人，没等看清楚，就一下子站起来，抓住了我的手。我一看，细个子，偏分头，一对机灵的眼睛和一副顽皮的笑容，这不是小葛是谁？

我问：“你怎么在这里？”

他挤了挤眼说：“你怎么也在这里？”

这样一来，我们的话匣子打开了，坐下聊天了。

看样子，他和上次见面没有多少变化，只是脸变得白净了些，不像上次满脸正在脱皮，黑一块白一块的。那时候，他曾经率领一个普查队，在柴达木盆地西部，发现了几个储油构造，以后又深入到大沙漠腹地，因为没有沙漠生活经验，几天以后，驮的粮食吃完了，骆驼也饥渴得死了，他们迷失了方向，回不来了。可是，就在这种困苦的时候，他和伙伴们还寻找到了一个很大的储油构造，终于忍受住了饥饿和困苦，摸索着回来了。现在，他们发现的沙漠构造，已经是柴达木驰名的一个油田了。

他说：“现在，担子重了，室内研究工作多，跑野外的时间少了。”

我说：“憋得慌吗？”

他默默地笑了。

一个戴着黄色大毛皮帽的小伙子，坐在对面的行军床上。他有一张长方形的脸，长得很英俊，两颊呈现着一种似乎永不会褪色的红晕。这是杨地质师。

小杨和小葛都担负着专题研究任务，室内工作多些。前不久，他们和伙伴们一起，从茫崖基地起身，在几个地质构造上转了一圈，进行了一些实际观察研究，就到油砂山来了。

我说："你们这些天跑野外，天气正是时候。"

小杨眯笑着说："这是柴达木的黄金日子！"

他说得多好。我望着他和帐房里的小伙子们，他们都那么年轻，充满着青春的朝气，不是也处在黄金的年代吗？

这时候，有一个姑娘露面了。不过，她没有走进帐篷里，只是顽皮地用帐帘围住了脖子，探进一个头来，两只眼睛挑战似的来回瞅着。看样子，短短的头发，秀气的面庞，长得挺聪明的。小杨一看见，就喊："嗨，赖猫！"姑娘撇了撇嘴，把帘子掀开，走了进来；看神气，好像要和小杨干仗的劲儿。我笑着问："为什么人家叫你赖猫？"她扑哧一声笑了。接着，她操着地道的四川话，不好意思地咕哝了一声："我姓赖。"就连忙扬起了手指，展开攻势了。

一会儿，帐篷里又添了几个人，更热闹了。可是，话题还没有离开赖猫，大伙一起向她进攻。她一点不示弱，给每个进攻的人以回击。但是，在大伙的进攻下，没法子，人们说她有个爱人，她也不否认；叫她请吃糖，她也答应了。只是当大伙说她和爱人怎样商量和选择结婚日子的时候，她无论如何不承认。……这中间，大伙又谈起"赖猫"怎么爬山，怎么摔跤了。谈起一次遇到险山，不叫她去，她又多么不听话，非去不可；以至上了山，下不来，趴在险要的半崖上，这才唯命是听，叫她走哪里就走哪里，叫她踩着哪块石头下，就踩着哪块石头下，有意思极了。

在这些争论、辩解和有趣的谈话里，我难以插进嘴去。但是心里觉得快乐。这里有勘探者饥渴的遭遇，风险的追叙，心境的冲突和爱恋的趣事；这里洋溢着浓烈的青春的气氛，笼罩着勘探者深厚的友谊气氛。你看，即使当大家围攻“赖猫”的时候，也不难看出来，人们对“赖猫”怀着多么亲切的关怀、信任和友谊呢！

在这些争论和有趣的谈话里，我还感到了一种令人非常激动的东西。这就是青年地质家们身上的那种崭新的品格和气质，对于党和国家的嘱托的那种深重的责任感，对于自己的事业的那种尊重、热情和信念。在油砂山山峡里，我遇到的这些青年地质学家们，使我感到了这一点。在柴达木盆地，正是有着这样一些青年人，他们在创造着生活，在迎着风险前进！他们是真正处在黄金年代的青年！

夜深了，在不知不觉中深了。

我辞别了伙伴们，走出了帐房，在油砂山里走着。

这时候，我觉得，油砂山以一种独特的姿态进入了祖国的夜晚。在山腰上，山巅上，一座座钻塔携着一串串灯火，形成了辉煌迷人的灯火网，好像满天的星星都一齐降落在峡谷里似的。显然，夜没有能够统治油砂山。在这深沉的油砂山之夜，你举目瞭望吧，群山矗立着星塔！你侧耳倾听吧，所有的钻机都扇动着翅膀，鸣奏着动听的乐章！那屹立在峡谷里的抽油机，在一条金龙似的探照灯下，总是那样不知疲劳地有节奏地叩问着大地。再想一想那些可尊敬的钻探工人吧，不正是他们操纵着油砂山之夜吗？我们祖国有许多美丽的夜晚，重庆山城的夜晚，松花江畔的夜晚，太湖的夜晚和玉门油矿的夜晚……但是，我以百倍的爱漫游在油砂山的夜晚！

或者，正因为这样，我觉得，我的心是和油砂山联结在一起的……

1957 年 10 月 13 日，茫崖

寄给依斯阿吉老人

木买努斯·依斯阿吉，乌孜别克族老人，可爱的老人呵！

柴达木的勘探者，不论男女老少，哪一个不知道你，哪一个不尊敬你！

在沉睡了万年的戈壁滩上，在茫茫无际的大沙漠里，人们说你像一个神奇的行者。你走到了哪里，哪里就有路。你指到了哪里，哪里就有水。你在哪里流过汗，哪里就有油田。你在哪里歇过脚，哪里就有金子！

你英勇的事迹，被人们当作神话传颂着。

人们尊贵地称呼你是柴达木第一号尖兵！

依斯阿吉，你是配得上接受这个称呼的。你出身于乌孜别克族一个贫苦的家庭，居住在新疆若羌县，紧挨着柴达木西北边缘。今年，已六十四岁。你的胡须花白了，褐黑色脸面上，刻画着六十年劳苦的皱纹。可是，你那两只像雄鹰般的眼睛，却炯炯有神，敏锐，明亮。而当你身裹着老羊皮大衣，脚蹬着高筒毡靴，雄赳赳地走在大沙漠里的时候，人们又不由得赞叹着：老人真豪迈呵！

当你还是一个青年人的时候，比现在更强壮，更有力。你有胆量，有雄心。但是，被国民党匪徒所逼迫，被贫困的生活所逼迫，你不得不领着妻子儿女，在大戈壁里流浪，寻找生活的出路。你曾经壮着胆，吆着羊群，闯进了柴达木。多么荒凉的盆地呵！但是，为了生火取暖，你发现了沥青块。为了找食充饥，你发现了盐海。还发现了各种各样闪光的石头……你惊奇这一切。然而，你怎么能在沙漠里久留，这儿太荒凉太干渴，你又匆匆地走出去了。

在豺狼当道的时代，穷人不会有安生日子过的。国民党匪徒制造民族纠纷，你的家被“剿”了，十几只羊被抢走了。那时候，你一无所有，只有面对着昆仑山呼喊，在大沙漠里流泪。鸟儿也为你哀鸣，草木也为你悲恸。六十年，六十年过去了，你的头发花白了，脸上的皱纹添多了。但是，你还像乞丐一样，踯躅着。生活出路在哪里呢，穷人能活下去吗？依斯阿吉，穷苦的老人呵！

终于有这样一天，你获得了解放。

你心花怒放，变得年轻了。你又来到了柴达木，自愿充当向导，领着解放军骑兵团，追剿着逃窜的乌斯满匪徒。你给骑兵团带路、找水，你和战士一块吃，一块住。你真是老当益壮，什么苦都吃得下，爬高山，过荒谷，走戈壁，进沙漠，勇敢赛过当年。当骑兵团消灭了乌斯满匪徒以后，你快慰地笑了。两年多的剿匪战斗生活，使你和战士们产生了深厚的感情。你成为战士们亲密的朋友，他们邀你住在阿拉尔了。

依斯阿吉，向导老人，你是不会忘记 1954 年的。

当祖国第一支勘探队踏入柴达木的时候，当他们找路无路、找水无水的时候，当他们困守在戈壁滩、忍饥受饿的时候，你又来了。

你刚剿完匪，没有休息，来得正是人们最需要帮助的时候，来得多好呵！于是，你把迷路的勘探者，引入了正途；你给干渴的人，找到了水，哪怕水是苦的、咸的，对于渴得心如火燎的勘探者也是香甜的。你找适合住的沙滩，和大家一起搭起帐篷，和大家一起睡觉。于是，你又成为勘探队亲密的朋友了。

从那时候起，依斯阿吉，你就开始了一种不平常的生活。你是向导，也是勘探者。你曾经在柴达木惊奇地看到过沥青、油砂，看到过各种色彩的盐块、石头；可是，你不懂得它们的奥秘，只是怀着一种幻想。你幻想有一把金钥匙，打开柴达木的这座迷宫。今天，你兴奋地说："共产党派人拿着金钥匙来了！"于是，你就把所看到过的告诉了勘探者，把六十多年的沙漠经验都使用上了。你和勘探朋友们一起，寻找着柴达木取之不尽的宝藏。

你年迈苍苍，不服老，干劲大极了。哪里最艰苦，最困难，你就到哪里去。你曾经遭受过多少次狂风袭击，多少次饥寒，多少次困苦？可是，你一句怨言也没有，一个苦字也不说，总是迈着豪迈的步子，向前走着。人们说你一看沙子的颜色，就知道有没有水。一看沙子的形状，就知道能不能通过。你真是神奇的行者呵！

1954年，有一次，当你领着一支勘探小队，走入人迹罕至的大沙漠腹地的时候，骆驼饥饿得倒毙了，人饥饿得爬不动了。你也饥饿得昏晕，迷失了方向。可是，你挣扎着爬起来，跪在沙窝里乞求神灵，心里念祷着："我不能昏倒。我一定要找到路。我要对得起这些好人呵！"由于你的勇敢，终于找到了路。你和勘探朋友们一起，发现了大沙漠里的地蜡、沥青和油砂，而且发现了又大又好的储油构造，这就是今天柴达木出名的油泉子和开特米里克探区。

油泉子——这个名字是勘探朋友起的。开特米里克——这个名字是你起的。因为这里砂山多，你用汉话说是乱山子，用维吾尔语说就是开特米里克。

依斯阿吉，好老人，你的英勇事迹说不完。

当我第一次在柴达木遇到你的时候，你正站在尕斯库勒湖的冰层上，用手抹掉胡须上的冰粒，给我国水文专家指着昆仑山，畅谈着柴达木的水源。那时候，人们就称颂你。这一次，当我又在茫崖基地看到你的时候，你已从若羌搬来了妻子儿女，住在青海石油勘探局赠送给你的帐房里。你比1954年苍老了，胡须更花白了。但是，你精力旺盛，生气勃勃，仍然讷讷地对我说："我常去局长那里问，有什么任务，我要去！"你真是一个老英雄呵！

依斯阿吉，英雄老人！让人们看看吧，柴达木最初的许多路，是你领着探出来的。柴达木的许多水源，是你领着找出来的。今天，柴达木出现的几个出名的石油探区，都和你的名字分不开，都深印着你的脚踪。你的汗珠没有白流，你的劳动在柴达木开了花，结出果子了。

依斯阿吉，你是柴达木的元老，不愧是柴达木第一号尖兵！

你的晚年是幸福的。当你六十二岁的时候，还添了一个女孩。我真为你高兴！我和勘探朋友们一起，向你祝福，愿你像柴达木的油田建设那样，生活得美好！愿你像昆仑山那样，永远雄伟，高大！

依斯阿吉老人，可尊敬的老人呵！

1957年10月18日，茫崖

茫崖——拓荒者的城市

这是一个难忘的黄昏。当我乘车驶过大戈壁，翻过一座座沙丘，来到茫崖的时候，心里感到十分惊异、激动而又欢喜。出现在我面前的是一座怎样的城市呵！

广阔的大沙漠里，搭满了成千上万的帐房。这里没有高楼大厦，没有柏油马路，没有公园，也没有树和花。但是，这里有人，有成千上万的人，他们都是从全国各地来的拓荒者。他们为了征服戈壁，战胜沙漠，为了给祖国开辟一个崭新的大工业基地，来了。于是，沙漠里不能住，也要住，能住，也要住。拓荒者在大沙漠里搭起了帐房，安了家。青海石油勘探的总指挥部，在这里扎下了营盘。于是，在大沙漠里，就很自然地诞生了一座拓荒者的城市。

在这座城市里，我看见了青海石油勘探局的党委书记和局长们，他们有的打过几十年仗，有的搞过几十年政治工作；今天，他们面对着大沙漠，和千万石油勘探者一起，在和大自然斗争。他们和勘探队员们一起，出没在荒山野谷，迎着暴烈的风，追寻着地下矿藏。他们那顶又办公又睡觉的帐房，时常被暴风攻打，噼啪作响，摇摇欲坠。然而，他们却不在意，说："刮大风嘛，有什么了不起！"我也看见了许多地质学家、钻井学家和刚从学院毕业的大学生们，他们在这里生活得很愉快、很称心。他们穿着野外工作服，脚蹬着翻毛皮鞋。由于多年的勘探生活，他们在思想、性格和脸面上，也涂上了大戈壁和大沙漠的颜色，显得矫健、朴实而又豪放。严格而又细致的科学研究活动，可不可以在大沙漠里进行呢？我走进了用活动房子盖成的实验室。房里分有十几个不同类型的工间，都安置着许多精密的仪器。虽然，室外狂风大作，飞沙走石，可是，室内许多男女技术员们，却安静精心地在显微镜下，做着重矿物分析，介形虫鉴定。

更使我不能忘怀的，是这座城市的工人们。他们大部分都是从遥远的东北、上海和西安来的。他们以大无畏的精神，和酷热、严寒以及风沙决斗，在沙漠里兴建起了机械修配厂、汽车修理厂、水电厂、钻头站、管子站，等等。不要以为这些都是容易修建的，一切，都是用血汗换来的。这里的工人，他们的工服上，除了满涂着油污之外，还沾满了沙土。他们的手脚，经常冻裂了口子，流着血。而当炎夏来临的时候，他们汗流浃背，口干舌燥，还要被恶毒的蚊蜢叮咬，有时竟昏倒在机床跟前。你在那些昼夜鏖战的工人们的眼睛里，可以看见血丝，但是，在他们寄给亲人和朋友们的信里，却含有对大沙漠的深厚的感情。如果说，在祖国的许多城市里，我看到了我们工人阶级为社会主义建设所显示的那种感人的精力和热情；那么，在茫崖，在这座沙漠之城，我们工人阶级所显示的精力和热情，就更饱满，更强烈，更艰苦，也更可贵。他们站在大沙漠里的机床面前，创造着财富，创造着柴达木的社会主义。

我特别喜欢这里的两个小厂：钻头站和管子站。

钻头站，只有三四间活动房子，很简单。你在市区沙滩上走过，很难注意到它。但是，你一走进工间，就被吸引住了。呵，好多的钻头！大的，小的，堆满了工间，好像一座座钻头山似的。小钻头，一个人可以拿动；大钻头，有二百多公斤，起码得几个人才能抬动哩。石油钻探工人们，正是使用着这些钻头，打入戈壁的深处，探寻着柴达木的油流。无论多么复杂的地质问题，只要用钻头打下去，就能解决不少问题；原来不明白或不很明白的明白了，原来觉得没油或少油的地方喷油了。钻头底下出油田，这话实在不假。钻头，这真是给柴达木开创石油江山的宝贝呵！

两三个电焊工人，戴着面罩，一只脚跪在地上，正在吃力地焊着一些打井磨损了的钻头。虽然，有的钻头磨损得很厉害，不能用了；可是，工人们仍然寻窍门，把它们焊修好，送上钻井前线去了。这样，可以给国家节约，也可以降低进尺成本。那么，让修理钻头的工人们，好好焊吧，焊得结结实实的，以便用它打出更多的油田来！

管子站，也是三四间活动房子，很简单。可是，你一走进这里，就会吃惊的。在一大片沙滩上，搭着许多钢管架，排列着无数的钻杆管子，伸向远处，仿佛一条钻杆的河流似的。钻杆管子，有长有短，有粗有细，有重一百多公斤的，有重三百多公斤的。自然，一根钻杆管子，一个人是扛不动的，非得五六个人不可。看着这无数的钻杆管子，你不由得想到，它们是怎么运进大沙漠里来的呢？你也不由得不感谢柴达木运输公司的司机们，正是他们忍饥受寒，冲过大戈壁，翻过重重山，从玉门、敦煌运过来的。钻杆和钻头一样，是钻井的重要物件，缺一不可；它们紧扣在一起，打入地层，开发着柴达木的地下宝藏。

在一个工间里，我看到一个特别现象。工人们因为管子长，车床小，加工不便，他们就想出一个法子，在机床旁边的墙壁上，挖开了一个洞，几个人从外面把管子塞进来，安在车床上，加工。这时候，一个青年工人，正站在车床前面，给一根长管子车着丝扣呢。

我在这座城市里，还碰到许多老相识。总地质师王尚文同志，1953 年，我们就一起跑过陕北盆地。1954 年，我们在酒泉盆地相遇，又一块到柴达木来了。从那次来了以后，他就没有离开过柴达木，从事着区域地质勘探研究活动。他还是那么朴实，豪爽，生气勃勃，只是比过去长得更黑更胖了。这位地质专家跑得多，睡得少。三年来，他不停点地跑着，柴达木的哪一个探区、哪一座山、哪一条沟，他不知道呢？他不只是知道，而且能够非常清楚地告诉你一个探区的来历，一座山和一块石头的姓名、年龄和发育状况，以及长的样子、颜色。

我在茫崖遇到他的时候，他才从一个探区回来不久。他拍着标准布工服上的沙土，快活地说："一跑出去，简直就不想回来！"要不是催着做第二个五年地质远景规划，还不知什么时候才回来哩。在茫崖的几天里，我看见他一会儿研究这，一会儿讨论那，一天忙得不可开交，帐房里的电话还直叫个不停。晚上，他总是睡得很晚。即使遇到星期日，他也很少出去玩，一个人钻在房子里，思考着什么，写着什么。他的帐房里，除了写字台和睡铺以外，不知从哪些画报杂志上，剪下来许多人物画、山水画、花鸟画……五颜六色，贴满了帐房。你说这是一位地质专家的帐房，还不如说是一位美术家的帐房合适呢！

我们畅谈着柴达木的一切，也谈起了第一次进盆地的情景。那时候，1954年，柴达木是不被人了解的，人迹罕至，荒凉一片。可是，当第一支地质尖兵挺进盆地以后，发现大戈壁里油苗旺盛，有非常好的含油砂岩，而且发现了不少储油构造。于是，大规模的勘探活动展开了。三年来，柴达木的石油勘探者，不但在盆地继续找到了不少值得研究的地质现象，而且随着勘探活动的发展，人们从不知到有知，逐步摸清了柴达木的底细。今天，人们怀着无比的信心说：柴达木是一个大有希望的盆地！

这也是人们为什么要在大沙漠建设城市的原因。

但是，在大沙漠里建设城市和进行油田开发活动，吃水是一个严重问题。

我穿过茫崖市区，来到一个宝贝地方，名曰：自流井。这里离茫崖不远，一片沙滩上，长着芦苇、小草，中间钻有几口井。井旁横排着许多管道，沿着管道走过去，是地下室，开有小窗孔。当我从窗孔望进去的时候，禁不住想喊起来，这里储藏着多清多亮的水，多香多甜的水呵！一池清水，逗得人心花怒放。在柴达木，在大沙漠里，水像珍珠似的，是活命水，被人们珍爱着。

由于钻出了自流井，茫崖设立了供水站。盖了一间房，里面安了两个小泵。人们正是通过这两个小泵，给茫崖和各个探区，输送着食用水和工程用水。自流井，供水站，这简直是柴达木的宝井、宝站，简直是操纵着拓荒者生计的宝井、宝站！自流井还成为拓荒者游乐的地方。这里有芦苇，有小草，有水。大雁和黄羊，常来这里做客。那些相好的伙伴和爱恋着的人，也常来这里漫步，谈心。

黄昏来到了。我在茫崖的大街小巷走着。那些用活动帐房搭起的百货、贸易公司，挤满了人。新华书店、邮电所和文化宫，也挤满了人。这里的文化宫很出名，很漂亮，是工人们用二十天时间盖成的。宫内墙壁是浅绿色的，走进去很舒适。宫内有台子，七百四十多个座位，可以看戏，看电影，也时常演出勘探者自己编排的歌舞。有人说，坐在文化宫里，绝不会想到外面是大沙漠。今天，宫里放映电影《董存瑞》，人已挤得满满的了。

我还走上了文化宫的平台上。从这里望出去，黄昏里的茫崖，披着晚霞，金光一片，耀眼夺目。远处，是罩着金色云雾的昆仑山。近处，是工厂，是烟囱，是扬着灰尘的车队，是熙熙攘攘的人群。这里充满着欢乐、微笑和喧嚷。大沙漠的荒凉景象早被赶跑了。茫崖，这座体现了我们人民大无畏精神和无限创造力的城市，这座英雄的拓荒者的城市，正在浩瀚的大沙漠里，乘风破浪地行进着，飘游着。

拓荒者呵，祖国的鹰，飞翔吧！愿你们在大沙漠里创造出更多更美的城市，愿你们在大戈壁里创造出更多更美的油田！

1957 年 10 月 20 日，敦煌

我爱柴达木

——《柴达木手记》读后

陈笑雨

读罢李若冰同志的《柴达木手记》，我爱柴达木。

我不是不知道那里艰苦：可以晒出油来的酷热；可以冻掉耳朵的苦寒；那漫天遍野的滚滚黄沙；那千里不见人烟的大戈壁滩；那噬人的豺狼猛兽；那成群的蚊子、牛虻和蠓子；树木稀少，水贵如油。……虽然这样，我仍然爱柴达木。我没有去过柴达木，我又怎么知道柴达木的艰苦？因为《柴达木手记》忠实地反映了那里生活的真相。

作者忠实地记载，不仅没有把我吓退，而且使我神往，假如我长翅膀的话，我现在就愿飞向柴达木去！

我爱那里的大好山河，我爱那里一切事物的生意盎然。

朋友，喏，你看吧：日出时候的奇妙，日落时候的幻景；峻峭突兀的山峰，峡谷里的流水，高空翱翔着的雄鹰，湖岸草丛里歌唱着的飞鸟；铃铛叮咚的驼铃声响，摇着粗大尾巴的羊群；山湖辉映，景色迷人。巴戛柴达木湖、伊克柴达木湖，你们这一双姊妹湖，该是多么雄伟、矫健！

我爱那里天知道该有多么丰富的宝藏：石油、金、银、铜、铁、水晶、云母、盐……说到盐，请允许我们用几个并不枯燥的数字：单一个广袤一千五百多平方公里的察尔汗盐湖，储量是二百五十亿吨。那么，整个柴达木的盐呢？可供全世界人口吃一万零四百年！盐是那么多，难怪那里有盐湖、盐山、盐路、盐桥、盐窑，简直可以说，一切都是盐结构。

我爱那里的大好河山，我爱那里的丰富宝藏，我尤其爱那里使山河易色、艰苦战斗、创造第二自然的人。

“人杰地灵”，大好河山、丰富宝藏本来是死的，没有人，它们会一代又一代、千秋万代地在那里沉眠不醒，有了人，特别是有了社会主义建设的人，这一切，就都醒了，活起来了！

作者李若冰同志怀着满腔热忱介绍了那里的人：

我不能不爱已经头发灰白的慕生忠将军，是他，领导着自己的部队刚刚放下和民族敌人、阶级敌人作战的武器，现在又向大自然进军了。他是那么乐观、豪迈、精力充沛，永远展望着未来和明天。他说：“在党的领导下，我们有着旺盛的志气。在辽阔的戈壁滩上，在荒无人烟的地方，我们要求得生存，而且要长期生存下去，就必须要创造！我们要在柴达木建立美丽的花园！”

真是说到做到。

是他领导下的四十多位风流人物在这里盖起了一间间土屋；在这里试种成功白菜、萝卜、洋芋、蒜、葱、韭菜、西红柿；在这里放牧，养了成群的牛羊；在这里创办工厂：砖瓦厂、皮革厂、硼砂厂、瓷厂、汽车保养厂；在这里修筑一条通向世界屋脊的宽广大道，让成百成千辆汽车在上面飞驰。

站在慕将军身旁，他会传递给你一种移山倒海的革命气概：天底下没有战胜不了的敌人，没有克服不了的困难！

我不能不爱花果老人——当了二十多年中学教员的魏承淑。是他，在这干旱的盐碱地上种活了第一棵苹果树，开了第一朵花；是他，在这里种下杏树、沙枣树……是他，美化了大自然。

我不能不爱年迈苍苍的依斯阿吉。他是向导，也是勘探者。凭着他在沙漠上生活六十多年的经验，他和勘探队一起无路找路，无水找水，发现了十几个油区和探区。他和勘探队所找到的油田，现在许多地区已经喷出油来了！

我们不能不爱那勘探队里青年的一群。我仿佛看到二十三岁的小顾，潇洒、活跃，近视眼镜下，闪着一双敏感的眼睛。他无休止地工作，也无休止地读书，夜深了，他还在被窝里背诵着外文生字。我仿佛看到平时沉默寡言而意志力极强的小邱，他熟谙他的事业，了如指掌。我又仿佛看到绰号叫“赖猫”的姑娘，操着地道的四川话，扑哧一笑。绰号叫“赖猫”，其实并不“赖”，而是她姓赖的缘故……我又仿佛看到这年轻的一群穿着“自造钢底鞋”（用罐头盒片片绑在鞋底上）、“活动袜子”（破衬衫撕成条条裹在脚上）满山遍野地跋涉。

崇山峻岭、烈日寒风，一望无际的草原，戈壁滩……严峻、宏伟的自然环境锻炼着人，赋予他们毅力，赋予他们刚强的性格；而人，又用自己的勤劳、勇敢和机智改造着大自然。柴达木曾是荒凉的，现在也还没有脱离荒凉的状态。但是，它的趋向是清清楚楚的：它将是个热热闹闹、人山人海的工业中心。它越来越成效卓越地为社会主义奠基和造福！

柴达木艰苦吗？是的，是艰苦的。但是，这苦中有甜，苦中有乐，苦中展示着灿烂的未来，幸福的明天。

我爱柴达木，我爱柴达木的大好河山，我爱柴达木的丰富宝藏，我尤其爱建设柴达木的人；我之所以感到柴达木的可爱，是因为作者李若冰同志爱它。通过一架由李若冰同志建筑起来的桥梁——《柴达木手记》，他把这爱传递给我，也传递给广大读者。

假如我有两只翅膀，我会立刻飞向柴达木去！

1959 年 6 月

我和《柴达木手记》的一段往事

王宗仁

我是先读李若冰写柴达木的散文，尔后才走进柴达木的。那时候他的那些散文都零零散散地发表在报刊上，凡我尽力可以找到的都会找来珍宝般地保存起来。他笔下的格尔木、察尔汗、大柴旦、茫崖、茶卡……都是我多次到过的地方。他在前，我在后。我发疯似的寻找李若冰的书，发疯似的读他的作品。我总觉得他就在我身边，就在我前面不停地走着，写着。我追他，却追不上；我崇拜他，却见不着他；我想把他的所有写柴达木、写西部的散文都得到，可是我做不到。我想得到一本他的散文集《柴达木手记》，也没有如愿。

那时候我是一个汽车兵，客观条件不允许我做到我想做的每一件事。然而，我对文学的那种入迷、痴情，一点也没有减弱。我对李若冰的敬重热爱之情始终如一。但是我一直没有见过这位柴达木文学的开拓者，无法与他联系。这是我终生深感遗憾的事情。

直到 2004 年的初夏，我和《柴达木开发研究》杂志社张珍连商量给刊物写稿的事时，才和李若冰有了联系。我拨通了电话后，是他的夫人贺抒玉老师接的。我通报了姓名，她很兴奋与我交谈起来，说她在《延河》当编辑时编发过我的作品，我们在西安见过面。我想起来了，大概在20世纪70年代中期，我在西安作家丁树荣的引见下和贺抒玉有过几次交往，但是我一直不知道她和李若冰是一家子。那时我年轻幼稚，在我一向认为很神圣的编辑面前出言谨慎，不敢打听编稿以外的任何事情。这当然是应该的，但也失去了本来可以得到的许多东西。设想一下，如果那时候我和贺抒玉在聊天中知道李若冰就是她的丈夫的话，我想我是会拜见这位我一向敬重的大作家的。我和抒玉老师聊过后，她喊来李老接电话，我先讲了我从年轻时就对他写的关于柴达木散文的热爱和对他本人的佩服之情，他也以平实而热情的话语称赞了我的青藏高原散文，我记得较清楚的一句话，他说，你在柴达木时间长写的作品多。我忙说，你用你的《柴达木手记》记录了那个年代的真实历史，永远是别人无法替代的珍贵的第一手史诗；接下来，我说了《柴达木开发研究》的主编张珍连是一位对柴达木很有感情的年轻人，想在刊物上发表你早期的一些写柴达木的散文。李老说，张珍连已经跟他联系上了，他也给张寄去了书，让他根据刊物需要选用。最后，我鼓起勇气提出了埋藏心中许久的一个愿望：想得到他签名的一本《柴达木手记》。他说此书手头已经没有了。我又说，前几年南方一家出版社好像重新出版过这本书。他说，出版社只给了不多的一些样书，也没有了。李老自然不愿让我这个柴达木的后来人失望，他说，他的文集已经出来了，马上就会拿到手，一定寄我一套。我还未见到文集，先对李老表示了衷心的感谢。

不久，李若冰就通过中国现代文学馆周明先生，转送给了我四卷本《李若冰文集》。现在，这部文集仍在我的案头放着，得空我就会不厌其烦地读它。一个青藏高原的文学后继者，从这片瀚海里吸取了多少养分！

这一切仿佛就发生在昨天。我正计划今年重返柴达木路过西安时，去拜见李若冰——这位我思慕了近五十年的柴达木文学的创始人，没想到，他永远地离我们而去。从昨天下午张珍连在电话上给我传来这个噩耗那刻起，我的心情就没有平静下来。我不由自主地取下《李若冰文集》，一页一页地翻阅着，默诵着缀在每篇散文后的那些我十分熟悉的地名：酒泉、西宁、茶卡、格尔木、大柴旦、油泉子、茫崖、敦煌……

在这悲痛的日子里，我怎能忘记我与李老那本《柴达木手记》曲曲折折的一段往事。

好像是 1961 年前后，我知道李若冰的散文集《柴达木手记》由作家出版社出版。常人是难以想象得出我想得到这本书的心情是多么急切。我利用出车的机会，几乎跑遍了青藏公路沿线的大小书店，都没有看到《柴达木手记》。人家不是说脱销了，就是说当时货里没有这本书。我没灰心，继续搜寻。终于在大柴旦买到了它。我如获至宝，给书包好了皮，随身带着执行了好几趟任务，有空就读。到了 1964 年 11 月 7 日，我在西宁大十字新华书店又买到了李若冰的另一本散文集《山・湖・草原》（中国青年出版社）。至今我仍然完好地保存着这本书的发票。这样，我就有了两本李若冰的书。

在中国，几乎所有的作家和他们的作品都逃脱不了“文革”这场劫难。当时我把自己多年珍藏的书都作为“四旧”上缴，付之一炬。我偷偷地保留了一小木箱文学作品，就有李若冰的那本《山·湖·草原》。为什么没留《柴达木手记》呢？因为我是像做贼一样偷着留了这些书，自然不可能太多，再加上《山·湖·草原》里选了《柴达木手记》里的一些散文，权衡再三，我只能舍弃它了。

“文革”结束后，我一直抱怨自己眼光太短浅，未能留住《柴达木手记》。可这有什么用呢？一切都晚了！我处处留心，想方设法要得到它。在北京或出差到外地，我在逛书店时都把找这本书作为不可缺少的一项任务。直到去年和李若冰通电话时我竟然向他提出送我一本。就是这次和李老联系后不久，我又一次上了高原。在格尔木和青藏兵站部主任张四望聊天时，话题自然而然涉及了李若冰，他很高兴地告诉我，前些日子他通过一个书商得到了《柴达木手记》。看着他那个心满意足的美滋滋的样儿，真把我眼馋死了。我给他提出，能不能把这本书转让给我。他没有拒绝，说他再给那书商联系一下，设法再搞到一本。说实在的，我当时没抱一点希望。谁知几天后，张四望真的把一本《柴达木手记》送到了我手上。这是 1981 年 1 月人民文学出版社的版本。是一本旧书，书的扉页上盖着“石家庄煤矿机械厂图书馆”的印章。

现在我的书橱里除了《李若冰文集》外，还有他的两本散文集——《山·湖·草原》和《柴达木手记》。我永远珍藏着，这是我的一笔宝贵的精神财富。

今天，我把自己与《柴达木手记》的这段故事写出来，告慰若冰在天之灵。在柴达木人心里，他永远是一座丰碑！